GALATA ODYSSEY

L. A. TRAUMER

GALATA ODYSSEY

TOME 3

© 2021 L. A. TRAUMER *www.traumer-livres.com*

Illustration : Sophie Martorana
Édition : BoD · Books on Demand,
31 avenue Saint-Rémy, 57600 Forbach, bod@bod.fr
Impression : Libri Plureos GmbH,
Friedensallee 273, 22763 Hamburg (Allemagne)
ISBN : 978-2-3223-9895-9
Dépôt légal : Novembre 2021

Chapitre 19 :
Départ pour Alkor

Le QG des *Space Rangers* était un des rares bâtiments à être éclairé toute la nuit. En plus de sa taille démesurée, son éclat faisait qu'il était impossible de rater un tel édifice. Cela permettait de le repérer très facilement en cas d'urgence, même si à Energy City, il n'y avait presque jamais d'infraction à signaler.

Comme chaque matin, il y régnait un calme plat, où seul le grondement lointain des usines à l'extérieur du dôme perturbait le silence. Ce ronronnement était d'ailleurs apaisant lorsque l'on prenait le temps de l'écouter.

Au pied du bâtiment principal du QG, le petit groupe de jeunes scouts, prêt au départ pour leur examen finale, était rassemblé en attendant le capitaine Sanders, bâillant à s'en décrocher la mâchoire.

Cette dernière arriva avec un peu de retard, la mine autant endormie que ses élèves, les cheveux coiffés à la va-vite.

– Bonjour tout le monde, salua-t-elle entre deux bâillements. Bravo à tous pour être ici à l'heure aussi tôt. Avant que vous ne partiez, je tenais à vous souhaiter bon courage pour votre ultime épreuve. Le but de l'entrainement suivi cet été était de vous y préparer afin qu'il se déroule dans les meilleures conditions. Je suis consciente que je vous en ai fait baver durant ces deux mois, mais croyez-moi, c'était pour votre bien. Aussi, pour vous récompenser de votre ténacité, je désirais vous offrir ceci…

Elle montra d'imposantes malles posées sur le sol. Elle en ouvrit une et en sortit un drôle de sac à dos aussi gros et plat qu'un dictionnaire. Il était entièrement fait de métal, à l'exception des sangles.

– Voici votre équipement officiel de scout : la Nano Armure !

Des étoiles apparurent dans les yeux des jeunes disciples. Enfin la panoplie de protection ultime des *Rangers*. Mais dans un pack si petit ?

– Celles-ci ne sont destinées qu'aux scouts. Celles des *Space Rangers* sont plus évoluées, mais la défense reste la même. L'armure est confinée dans ce pack afin de gagner en praticité. Il vous suffira de presser sur l'interrupteur situé sur la sangle d'attache sur votre torse pour la déployer.

Elle fit une rapide démonstration en fermant les attaches du package. Celles-ci composèrent alors un bouton rond qui s'éclaira en rouge. En appuyant dessus, il devint vert et Syreene enclencha l'ouverture du pack. Plusieurs morceaux de métal se déplièrent tout autour d'un espace vide qui aurait dû être une personne, formant une ossature complète. Une fois celle-ci déployée, une sorte de liquide sortit des plaques de protection pour les relier ensemble. L'armure venait de prendre une forme humaine, y compris le casque, lorsqu'elle s'écroula subitement sur elle-même.

– Elle ne peut se maintenir que si quelqu'un se trouve à l'intérieur, expliqua le capitaine. Elle s'adapte à la morphologie de chacun, en conséquence, s'il n'y a personne, il n'y a plus de maintien.

Elle appuya de nouveau sur le bouton de la sangle et l'armure se rabattit dans le pack.

– Ces armures sont toutes nouvelles. Contrairement aux anciens modèles, celles-ci se déplient bien plus rapidement. Ce sont de véritables bijoux de nanotechnologie qui assureront une protection optimale dans les conditions les plus extrêmes. Outre les chocs violents, elles vous prémuniront contre les très hautes et très basses températures et même vous faire vivre dans l'espace pendant plusieurs heures. Pour le déploiement complet de l'armure, vous n'aurez qu'à presser une fois sur le bouton. Pour enlever seulement le casque, vous appuyez deux fois. Avez-vous compris ?

– Oui capitaine ! répondirent joyeusement les scouts.

– Ah ! Vous voilà bien réveillés, maintenant... Allez, prenez un pack chacun et embarquez dans le camion. Ne les ouvrez surtout pas pour l'instant !

Galata en attrapa un et le contempla. L'armure de *Ranger*... Elle en avait tellement rêvé !

Elle due résister très fort à l'envie de la déployer, mais elle se retint et monta à bord du gros véhicule.

– Bon courage à tous ! salua Syreene en faisant le signe de la main.

Une fois tous embarqués, le camion démarra et partit en direction du spatioport.

Durant le trajet, Galata essaya de se recentrer et retrouver sa concentration. Juste après être sortir de chez elle, les sentiments pour Bergen lui étaient revenus en tête comme une gifle en pleine figure.

Après avoir été déstabilisée un long moment par sa rencontre avec lui, elle avait réussi à le dissiper de ses pensées, trop occupée avec l'entrainement. Les sensations qu'elle avait ressenties s'en étaient allées comme ils étaient venus. Or, elles étaient revenues au moment où il lui était nécessaire d'être le plus concentrée.

Son cœur s'était mis à battre la chamade et, depuis, des papillons voletaient de nouveau par millier dans son ventre. Si l'enthousiasme d'avoir obtenu son armure était bien là, elle ne dissipa pas plus que ça la pensée de Bergen.

Je n'avais vraiment pas besoin de ça ! Pourquoi il ne me faisait plus d'effet et que, d'un coup, ça revient comme ça ? Je dois être dingue !

– Galata ? Est-ce que ça va ?

C'était Jane, sa camarade scoute. Après le départ d'Eylsa, elles étaient devenues les seules filles du groupe.

– Ah ? Oui, oui, ça va. J'essaye de me concentrer pour cette semaine…

– Moi, je t'avoue que je suis un peu effrayée… j'ai beaucoup progressé pendant ces deux mois, mais j'ai peur de ne pas être à la hauteur.

– Mais bien sûr que si ! rétorqua Galata. Tous ceux qui sont ici ont été jugés aptes de participer au stage, et tu en fais partie ! Le capitaine Sanders est parfaitement capable à évaluer le potentiel de chacun ! Elle ne t'aurait pas sélectionné si tu n'avais pas les capacités, tu dois seulement croire en toi !

– Je sais, mais… si moi aussi je perdais mon potentiel luminique ? Comme les autres ?

– Ne t'inquiète pas pour ça, le capitaine a dit que ça ne nous arrivera pas. D'ailleurs, tu y crois à l'explication qu'ils nous ont donnée ?

– La défaillance technique ? C'est vrai que c'était un peu la réponse « facile ». Ils ne se sont pas vraiment attardés dessus.

– Surtout que l'équipement des *Space Rangers* est bien connu pour être des appareils de pointe très fiables ! Mon maître m'en a toujours vanté les mérites.

– Je n'ai pas arrêté d'y penser après… et même si Eylsa était une peste, ça m'a fait beaucoup de peine pour eux.

– Ne m'en parle pas, ajouta Galata en se remémorant ce jour. J'ai eu une boule au fond de la gorge pendant des heures.

– Bon, allez ! Cessons d'en parler ! déclara Jane. Motivons-nous pour ce stage ! Il va falloir se surpasser !

– Bravo ! C'est cet esprit que je veux voir en toi !

Le spatioport était situé à la sortie de la ville. Les pistes d'envol étaient d'immenses tubes qui jaillissaient du dôme climatique. Les navettes et les astronefs y étaient propulsés à très grande vitesse avant de partir en toute autonomie.

Arrivé à l'entrée du parking, le camion se dirigea vers une section dédiée aux *Space Rangers*. C'était un vaste hangar où étaient stationnés bon nombre de véhicules leur appartenant, allant de la moto-jet jusqu'au blindé tout-terrain. À l'intérieur, il y avait deux quais d'embarquement, dont l'un avait déjà une navette prête pour le départ.

Le camion se gara à côté de ce dernier et les scouts descendirent. Ils furent accueillis par Trekker, le *Ranger* qui accompagnait souvent le capitaine Sanders. C'était à lui qu'avait été confiée la direction du stage et depuis le début il avait montré une certaine rigueur dans sa préparation.

Comme à son habitude, il était droit tel un piquet en terre, le regard sévère, habillé impeccablement de son uniforme de *Ranger*. Il tenait dans sa main gauche une tablette électronique.

– Bonjour à tous, salua-t-il d'une voix tout aussi sérieuse. Le capitaine Sanders m'a confirmé le fait que vous avez tous reçu votre pack. Je tiens à ce que personne n'ouvre le sien avant d'être sur le terrain. Gardez votre ardeur pour l'exercice. Je vais faire l'appel avant l'embarquement...

Il regarda sa tablette et appela le premier de la liste :

– Benny Kalskan ?

– Présent !

– Doug Melloni ?

– Présent !

– Galata…

– Présente ! s'écria précipitamment Galata en levant la main.

Trekker sembla outré de ne pas avoir fini de parler. Les joues rosies, elle baissa la main, confuse d'avoir exprimé son enthousiasme avec autant d'entrain. Le maître lui avait pourtant dit maintes fois de se tenir avec convenance. C'était même les seuls moments où il était en accord avec Mama. Le *Ranger* secoua légèrement la tête et reprit :

– Glen Bower ?

– Présent !

– Jane Felter ?

– Présente !

– Jekk Alto ?

– Présent !

– Vektor Azul ?

– Présent !

– Bien. Maintenant, veuillez prendre place à bord. Vos bagages, y compris vos armures, seront mis en soute par le personnel du hangar.

Tout le monde monta dans le véhicule spatial. L'intérieur n'était pas très spacieux, mais les sièges étaient confortables. Trekker entra en dernier et lorsque les paquets furent chargés, les portes se refermèrent et la navette partit à toute vitesse dans le tube de lancement.

Mama était venue rendre visite à Rayzen pour sa sortie d'hôpital. Après plus d'un mois de convalescence, le commandeur des *Space Rangers* était soulagé de quitter ce lit, dont il était sûr qu'il aurait pu le faire bien avant.

– Te voilà bien en forme, fit remarquer Mama. Tu as eu de bonnes vacances, hé, hé !

– Pas d'ironie, s'il te plait, gronda Rayzen qui détestait l'inactivité. J'ai passé trop de temps enfermé dans cette chambre et j'ai beaucoup de travail qui m'attend.

– C'est sûr que ça te réussit... Après ce qui t'est arrivé, tu ne te demandes pas si la cause ne serait pas due à une surcharge de travail ?

– Ce n'est absolument pas le cas.

– Toujours aussi têtu ! Allez, prends tes affaires, je t'accompagne jusqu'à chez toi.

– Merci, mais je dois me rendre au QG.

– Déjà ? Comme ça, dès ta sortie ? Et qu'en dit le médecin ?

– Il est tout à fait d'accord. Et ça fait deux semaines que c'est comme ça, il voulait simplement que je reste en observation et que je me repose.

– Et il avait parfaitement raison, tête de cochon ! Syreene entra dans la chambre.

– Tout est prêt pour votre sortie, commandeur. Oh, bonjour madame !

– Ah, bonjour mademoiselle ! Mais je vous reconnais ! C'est vous qui étiez intervenu lors de l'intrusion à mon domicile ?

– Oui tout à fait. Vous êtes la nourrice de Galata, n'est-ce pas ?

– En effet.

Rayzen s'éclaircit la gorge :

– Si vous avez fini avec les formules de politesse, nous pourrions peut-être y aller…

Et il sortit de la chambre.

– Non, mais…, gronda Mama. Est-ce que ce sont des manières ? Tu as vraiment besoin de te faire rééduquer, vaurien ! Et devant une si ravissante jeune femme en plus !

– Oh ! Ne vous inquiétez pas, madame, assura Syreene avec un sourire gêné. J'ai l'habitude, vous savez…

– Mais ce n'est pas une raison ! Ah là, là ! Celui-là alors…

– Pardonnez-moi, mais je vais devoir y aller pour l'accompagner. Au revoir, madame… ?

– Oh, appelez-moi Mama, comme tout le monde.

– D'accord, Mama. À bientôt, j'espère.

– Au revoir, mademoiselle. Et prenez soin de ce gaillard, il ne se rend pas compte de son état !

– Il ne se rend pas compte de beaucoup de choses, admit Syreene. Ne vous inquiétez pas, je veille sur lui.

– Vraiment ? Je suis contente qu'une aussi jolie femme se préoccupe de ce garnement. Il devrait faire sa vie avec vous !

Syreene devint rouge de confusion. Elle ne s'était pas attendue à autant de franchise de la part de cette petite dame.

– Capitaine Sanders ! appela sèchement Rayzen à l'autre bout du couloir.

Elle sursauta.

– J'arrive, j'arrive, j'arrive, j'arrive…, souffla-t-elle en accourant vers lui.

– Ah, cette jeunesse…, marmonna Mama avec un sourire malicieux.

Le voyage vers Alkor dura quatre heures. Arrivés en vue de la planète-lune, les scouts purent admirer l'astre verdoyant, parcouru par quelques traînées brunes, jaunes et bleues. Après l'entrée en atmosphère, la navette atterrit sur une base surélevée, au-dessus de la canopée.

En sortant, les jeunes disciples constatèrent une chaleur étouffante. Le soleil paraissait pourtant loin dans le ciel. Au-dessus de leur tête, la planète Melchior leur apparaissait, imposante et sinistre.

Entièrement rouge, cette planète semblait complètement déserte et inhospitalière. En la fixant, Galata ressentit comme un frisson.

– Qu'est-ce qu'elle est lugubre…, souffla-t-elle à Jane.

– Oui… Elle me donne la chair de poule…

Une équipe vint sortir les bagages de la soute et les plaça dans un chariot. Trekker emmena les scouts en dehors de la piste d'atterrissage pour les amener dans une salle vitrée où étaient disposées une longue table et des chaises. Sur le mur du fond, face aux fenêtres, un grand tableau blanc était accroché.

– Asseyez-vous, s'il vous plait, leur dit-il. Nous avons très peu de temps devant nous, ce briefing sera donc bref. Chacun d'entre vous sera déposé en des points différents du territoire que nous avons délimité. Vous aurez trois objectifs à accomplir. Premièrement : survivre !

Stupeur parmi les scouts.

Survivre ?

– Deuxièmement : récupérez des balises disséminées un peu partout dans la zone. Vous devrez en trouver trois chacun. Et troisièmement : Vous rendre à un point précis sur la carte qui vous sera remise en main propre. Vous devrez réaliser ces trois objectifs pour valider votre stage.

Gros malin ! pensa Galata. *Si l'on ne réussit pas le premier, c'est sûr qu'il ne sera pas validé, le stage* !

– Il n'y aura pas de règle particulière pendant la durée de l'exercice. Juste une chose, et c'est un rappel sur ce que je vous ai dit vendredi, il vous est totalement interdit de tuer ou de blesser la faune présente. Effrayez-les autant que possible ou sinon, prenez la fuite. Nous nous sommes assurés que les plus dangereuses créatures de la planète ne soient pas dans la zone d'opération. Celle-ci a un périmètre de 300 km². Dès le départ, vous serez séparés, mais il ne sera pas prohibé, dans le cas où plusieurs d'entre vous se regrouperaient, de continuer ensemble. Vous n'aurez aucune restriction quant à l'usage de la lumière. En plus de votre pack, un kit spécial vous est remis.

Il souleva un sac à dos et en sortit un appareil de poche.

– Ceci est un GPS. Il vous servira pour repérer les balises. Il indique uniquement leur position, il n'y aura aucune information concernant le dénivelé du terrain, ni comment accéder jusqu'à elles.

Il prit ensuite un petit tube métallique.

– Vous aurez, en cas de dernier recours, des fusées de détresse. Leur utilisation provoquera la fin du stage pour la personne concernée, alors faites très attention.

Il remit le tube dans le sac et sortit cette fois-ci une boite.

– Quelques rations de survie ! Cela vous permettra de tenir en cas de nécessité, mais elles ne constituent pas un véritable apport alimentaire. Vous devrez trouver de la nourriture par vous-même. Une gourde déjà remplie vous est fournie. Il y a plusieurs points d'eau potable, vous n'en manquerez pas.

Il remit la boite dans le sac et en sortit une autre.

– Un kit de premiers secours. Quelques pansements, un bandage et un désinfectant ainsi que trois seringues contenant un antipoison contre ce que vous pourrez rencontrer durant votre périple.

Du poison ? Il est sérieux, là ? Mais qu'est-ce que c'est ce délire ?

– Voici tout ce qui vous nécessaire. Maintenant, vous allez embarquer individuellement dans un drone qui vous déposera sur votre point de départ. Cela commencera dès que vous aurez mis pied à terre. Allez, exécution !

Ils se levèrent précipitamment et sortirent des bâtiments. Sur la piste, non loin de la navette, se trouvaient plusieurs petits appareils à hélices.

– Comment allons-nous faire avec notre sac d'affaires personnelles ? demanda Jane à Trekker.

– Vos sacs resteront à la base et vous seront restitués à la fin. Vous ne porterez que vos armures et les sacs de survie.

– Mais… mais comment on va faire pour se changer ?

– Ce ne sont pas des vacances, mademoiselle Felter ! répliqua Trekker. Vous êtes ici pour mettre à l'épreuve vos capacités, pas pour prendre du bon temps. Quand vous serez devenus de vrais *Rangers*, la difficulté d'un tel exercice sera celle des missions courantes. Ce n'est pas un jeu, me suis-je bien fait comprendre ?

Jane semblait dépitée. Lorsque Trekker eut le dos tourné, Galata lui tira la langue en montrant son œil.

– Qu'est-ce qu'il peut être glacial, ce mec ! souffla-t-elle à Jane. T'inquiètes, quelques jours sans se laver ce n'est pas la mer à boire…

– Veuillez monter dans vos drones ! s'écria Trekker. Vous êtes déjà en train de perdre du temps !

– On y va, on y va…, soupira Galata, de plus en plus exaspérée.

Elle fut la première à être en place sur l'étrange appareil. C'était une espèce de deltaplane motorisé, avec trois hélices sur le dessus. Le passager était allongé en se tenant par les mains sur une barre horizontale, harnaché par la taille.

– Quelque chose à ajouter, mademoiselle Galata ? demanda Trekker.

– Hein ? Euh… non, non…

– Alors dans ce cas… DÉCOLLAGE !

Il appuya sur le bouton d'une console et le drone de Galata décolla à toute vitesse verticalement sur une vingtaine de mètres avant de partir vers l'immense jungle qui s'étendait à perte de vue, déroutant sa passagère.

Après quelques minutes de vol, Galata avait cessé de crier. L'air lui avait séché la bouche et dans ce genre de situation, il valait mieux ne pas se déshydrater dès le début. Également aveuglée par le vent en plein visage, elle ne sut si ses camarades étaient partis à sa suite ou non.

Le drone amorça doucement sa descente vers la canopée et à réduire sa vitesse de vol.

Enfin ! Les choses sérieuses commencent...

À peine eût-elle pensé cela qu'une explosion se produisit sur son aile droite, déstabilisant l'appareil qui perdit alors rapidement de l'altitude.

– AAAAAAAAAH ! s'écria-t-elle, secouée par les soubresauts de l'engin. À l'aide ! Au secours !

La scène ressemblait à un de ces vieux films de guerre de Mayt. Le drone finit par piquer du nez, frôlant dangereusement les premières branches.

Je dois me détacher...

Elle tenta d'enlever une main de la barre de maintien pour atteindre la sangle d'attache, mais cela créa un déséquilibre encore plus important. Après un dernier soubresaut, le drone disparut dans la mer de feuilles verdoyantes avec sa passagère.

Chapitre 20 :
Crash en forêt

Trekker regardait le dernier drone s'en aller avant de se rendre dans la salle de contrôle afin de vérifier si tous les scouts avaient bien atterri aux différents points de départ.

Il était nerveux depuis son arrivée la veille. Il avait pourtant tout planifié de A à Z et était sûr de lui, mais il craignait un incident de la part de ces novices qui n'avaient aucune expérience du terrain. Bien sûr, il fallait bien qu'ils commencent un jour, mais ce genre de première mission virait souvent au drame stupide.

Lorsqu'il passa la porte de la salle de contrôle, l'un des agents vint le voir en panique :

– *Ranger* Trekker ! Nous venons de perdre le contact avec le premier drone !

Et voilà !

Cela ne le surprenait guère, mais il ne s'attendait pas à ce que ça se produise aussi vite.

– Du calme, où a-t-il disparu ? demanda-t-il.

– À environ dix kilomètres de la zone d'exercice. Juste avant, il y a eu un avertissement d'avarie et puis plus rien.

– On peut en déduire que le drone n'était pas opérationnel… Les contrôles d'usage ont-ils bien été effectués ce matin par la maintenance ?

– J'ai vérifié et cela a bien été réalisé. Il n'y avait rien à signaler.

– Ah bon ? Hum…

– Est-ce que l'on envoie des secours ?

– Oui. Dites-leur aussi que je veux une enquête rapide sur ce qui a pu se produire. Si le scout est en état de faire l'épreuve, alors que l'équipe l'accompagne jusqu'à la zone d'exercice sinon qu'elle demande un rapatriement.

– Bien reçu !

Trekker se mit à réfléchir. Ces appareils de transport étaient tous d'une grande fiabilité, même si le facteur zéro risque n'existait pas. Et si l'équipe de maintenance n'avait signalé aucune anomalie, c'est qu'il n'y en avait pas. Comment un incident avait-il pu se produire ? Étant complètement autonome, son passager n'avait pas à le piloter donc aucune erreur de vol n'avait pu être commise.

Une attaque animale ? Non, pas à cette altitude et aucun oiseau n'était suffisamment gros pour l'endommager. Alors, cela signifie que...

– Il faut se mettre en état d'alerte 1 ! déclara-t-il. Je veux une équipe de surveillance aérienne autour de la zone d'exercice et au-dessus.

– À vos ordres ! Faut-il chercher quelque chose en particulier ?

– Je ne sais pas encore... mais quelque chose capable d'abattre un drone en plein vol.

Bergen était là, lui tournant le dos, les mains dans les poches, ignorant totalement sa présence. N'y tenant plus, Galata cria son nom, mais il fit comme s'il ne l'avait pas entendu. Elle voulut s'approcher de lui, mais ses jambes semblaient bloquées par des masses de coton. Elle se mit à courir, mais elle n'avançait pas d'un mètre.

Tout autour d'elle n'étaient qu'obscurité et froideur. Seules des nappes de brume ornaient ce sinistre décor. Bergen officiait au milieu de tout ça, l'air indifférent. Il regardait droit devant lui, ignorant celle qui l'aimait, celle qui aurait tout donné pour le rejoindre.

Mais malgré ses efforts, Galata n'arrivait pas à avancer. Pire encore, Bergen s'éloignait, sans bouger. Plus elle cherchait à s'approcher, plus la distance entre eux augmentait. Elle se sentit ensuite comme aspirée, bloquée par une force mystérieuse. Son aimé disparu dans les ténèbres, enveloppé par cette brume froide.

Une étrange sensation parcourait le visage de Galata, comme une caresse, mais désagréable, humide… elle fronça des sourcils et essaya d'ouvrir les yeux. Son corps était endolori et ankylosé, ressentant des picotements à divers endroits.

– Pas comme ça, enfin ! dit une voix agacée.

– Mais je ne veux pas la noyer non plus ! répliqua une autre voix.

– Laisse-moi faire…

Galata entendit un bouchon qu'on dévissait puis, suffoquant suite à une soudaine vague froide sur le visage, se releva en sursaut, toussant plusieurs fois pour cracher le liquide qu'elle venait d'avaler par le nez.

– Tu vois ? C'est plus efficace…

– T'as failli la noyer, andouille !

– Au moins, elle est réveillée !

Galata reprit difficilement son souffle. Quelqu'un lui tapota le dos.

– Doucement, ne t'agite pas trop. Repose-toi un peu…

Elle se laissa retomber, soutenue par une main qu'elle ne connaissait pas. Elle ouvrit les yeux et aperçut deux silhouettes penchées sur elle. Au-dessus d'elles, Galata put voir une myriade de diamants étinceler sur un fond vert. La même main se posa sur son front, fraiche et apaisante.

– Où… où est-ce que je suis ? demanda-t-elle dans un murmure.

– En plein milieu de la jungle, dit l'une des silhouettes avec une voix enjouée. Tu as eu de la chance, tu es tombée dans la « région des mousses ». Ici, le sol est recouvert en grande partie par une mousse végétale hyper épaisse et tendre. Tu as dû rebondir comme un ballon, c'était amusant ?

– Karine ! gronda l'autre personne. Sois sérieuse, enfin !

– Bah quoi ? C'est comme un parc d'attractions. La prochaine fois qu'on est amené à intervenir, je sauterai en plein vol !

– Au lieu de dire des bêtises, va donc voir si tu trouves son drone. Et tâche de savoir ce qui s'est passé.

– Cheffe, oui cheffe ! J'ai bien dit : cheffe !

Galata sentit de nouveau un liquide froid appliqué sur son genou puis sur son bras. Les picotements s'intensifièrent quelques secondes avant de disparaitre.

– Tu n'as que quelques lésions à cause des branches qui t'ont griffé pendant ta chute. Tu n'as aucune blessure grave ni d'hémorragie interne. Et tes os... (elle toucha quelques parties du corps) ... sont en place. Tu peux te lever ?

– O... oui...

La personne à ses côtés l'aida à se remettre debout. C'était une jeune femme, pas beaucoup plus âgée qu'elle. Elle avait de longs cheveux bruns, des yeux sombres et un corps élancé, mais musclé. Elle portait une épée de samouraï sans fourreau dans le dos et une tenue claire d'aventurière.

– Est-ce que... j'ai raté le stage... ?

– Non, ne t'inquiète pas, lui dit-elle. Tu n'as même pas commencé. Ton drone a eu une avarie et tu es tombée en dehors de la zone d'exercice. Heureusement, la végétation est très dense par ici, ça a amorti ta chute. Ça aurait pu être bien plus grave !

– Et... et maintenant ?

– On va rester encore quelques minutes le temps d'examiner ce qui a pu se passer et ensuite, on va t'amener dans la zone d'exercice. Tu pourras alors commencer le stage. Si tu en es capable...

– Je crois que ça va aller. Je suis juste un peu secouée...

– Tu as des vertiges ? Des nausées ? Mal à la tête ?

– Non... non, ça va.

– Bien. Reste assise pendant ce temps et bois un peu d'eau.

Elle lui tendit une bouteille qu'elle prit et ouvrit pour en porter le goulot à ses lèvres. En levant la tête, elle se rendit compte de la hauteur des arbres et prit conscience de la chute qu'elle avait faite.

– Est-ce que tu te souviens de quelque chose ? demanda alors sa sauveuse.

– Pas vraiment... je crois... qu'il y a eu une explosion qui a déstabilisé l'appareil. Après j'ai chuté... et je ne me souviens plus...

– Une explosion, dis-tu ? As-tu vu un projectile avant ou entendu quelque chose d'inhabituel ?

– Non... Est-ce que j'ai été attaquée ?

– Je ne sais pas... C'est ce que nous cherchons à savoir. Karine est partie examiner ton drone, on trouvera peut-être un indice. Au fait, moi c'est Mélissandra.

– Galata, enchantée.

Karine revint quelques minutes après. Galata remarqua le contraste frappant avec Mélissandra.

Si cette dernière paraissait un peu austère aux premiers abords, Karine semblait plutôt excentrique.

Elle avait des cheveux roses, coupés en dégradé. Elle ne portait qu'un long gilet, aussi déformé qu'une serpillière, par-dessus un bandeau blanc qui entourait sa poitrine généreuse et un short clair. Deux bâtons de combat étaient accrochés à une double ceinture qui cintrait sa taille. Toutes les deux portaient de grosses chausses à semelles épaisses.

– Ah ! s'exclama Karine avec un grand sourire. Tu vois qu'elle est bien vivante ! Elle a même repris des couleurs…

– Tu as trouvé quelque chose ? demanda Mélissandra en ignorant la remarque.

– Oui, madame sérieuse-dans-le-travail !

Elle tendit un objet calciné dans la main. Mélissandra l'examina attentivement.

– Mais… ? C'est…

– Ouais ! affirma Karine. C'est une mine thermique. Du moins, ce qu'il en reste. C'était collé sur l'aile droite.

– Bon sang ! C'est du sabotage !

– Du sabotage ? s'étonna Galata. Mais pourquoi ?

– Nous n'aurons pas les réponses maintenant, répondit gravement Mélissandra. Karine, est-ce que tu as vu quelqu'un ou quelque chose dans les parages ?

– Non, j'en suis sûre.

– Emmène Galata vers la zone. Je vais explorer le coin et prévenir le centre. Je vous rejoindrais sur la route.

– Pas de problème ! Allez, viens joli cœur. J'adore ta couleur de cheveux, je crois qu'on va bien s'entendre. Moi c'est Karine, je fais partie des secouristes pour porter assistance aux stagiaires comme toi. En fait, je suis une gardienne d'Alkor, j'ai été entrainée au combat et seul des *Space Rangers* peuvent me battre. Je suis originaire de cette planète, enfin... de cette lune, je sais plus trop quoi. Bref ! J'ai toujours vécu ici. Et toi, tu es de Faith ? Je n'ai jamais été là-bas, c'est la planète QG des *Space Rangers*, non ? Il parait que la capitale Energy City est vraiment géniale ! J'irai sûrement la visiter un jour et si elle me plait j'irai peut-être m'installer aussi enfin, je ne sais pas encore, mais j'y réfléchis beaucoup et blablabla...

Tout en discutant, Karine emmena Galata au cœur de la forêt sous le regard désespéré de Mélissandra.

– Elle est vraiment incorrigible, souffla-t-elle.

Quelques heures plus tard, Galata et son escorte bavarde s'arrêtèrent pour faire le point près d'une cascade qui sortait d'une falaise rocheuse. L'eau y était claire et fraiche. Des gouttelettes projetées par la chute restaient en suspension, formant une petite nappe brumeuse. Galata s'en servit pour se rafraichir le visage. Il n'y avait qu'à tendre la main pour être trempé de la tête aux pieds.

Karine avait escaladé la falaise pour se repérer. Elle en descendit quelques minutes après en effectuant quelques acrobaties que même Galata n'oserait faire.

Cette dernière s'apprêtait à se lever lorsque Karine l'en empêcha d'un geste, sa main sur l'un de ses bâtons de combat. Un bruit sourd se faisait entendre à rythme régulier, comme un pas lourd, suivi après d'un fort bruissement de feuillage.

– Ne bouge pas…, souffla Karine.

Galata n'osait pas demander ce qu'il se passait, mais elle eut sa réponse assez vite : une sorte de monstre géant venait de sortir d'un bosquet d'arbre. C'était une créature à quatre pattes, massive et dont le museau était surmonté d'une corne osseuse en Y. La bestiole faisait dans les quatre ou cinq mètres de hauteur malgré la petitesse de ses pattes.

– Ce… c'est… c'est… c'est…, balbutia Galata, effrayée.

– Chuuuuuuuuuuut ! souffla Karine. C'est un rhinodoton. Il n'est pas dangereux tant qu'il n'est pas apeuré, mais il peut t'écraser comme un insecte si tu es sur son chemin. Il n'a pas une très bonne vue…

La créature s'était approchée de l'eau, humant l'air en soufflant comme un bœuf. Puis, elle baissa la tête pour laper la surface de la rivière.

– On va s'éclipser doucement, viens avec moi…

Karine prit Galata par le bras et elles s'éloignèrent en catimini, laissant à ses affaires l'immense bête.

– C'est la première fois que tu en vois un ? demanda Karine à la pauvre Galata, encore sous le choc.

– O… oui… Il n'y a pas de tels monstres à Energy City… la seule terreur dans mon quartier est un petit chat enrobé qui n'aime pas être dérangé. Mais là…

– Ne t'en fais pas, dans la zone d'exercice, il n'y en a pas d'aussi gros ni de vraiment dangereux. Il faudra que tu fasses attention quand même à l'un d'entre eux.

– Lequel ?

– Je vais te montrer…

Elle sortit une tablette de son gilet. Elle l'alluma et parcourut une liste illustrée par les images des différents animaux.

– Ah ! C'est lui…

Elle tendit l'appareil à la jeune scoute. Celle-ci ne fut guère rassurée en voyant l'espèce de félin couché sur une branche d'arbre. Il arborait une fourrure noire avec une rayure blanche sur le dos, une petite crinière à la base du cou et une longue queue touffue à son bout.

– C'est le jaggopard des arbres. C'est un prédateur agile et redoutable. Généralement, il ne s'attaque pas aux humains, mais un animal vit par l'instinct et peut être imprévisible. S'il a envie de croquer une jolie petite pomme comme toi, il ne va pas s'en priver…

– Ah… ah bon ?

Décidément, elle se demandait si ce stage était une bonne idée. Jamais maître Rayzen ne lui avait parlé de telles épreuves…

– On est bientôt arrivé vers la zone, décréta Karine. Encore une heure de marche…

Elles se remirent en route à travers l'océan de feuillage touffu. Galata ne put s'empêcher de regarder régulièrement derrière elle pour vérifier qu'aucun monstre ne s'apprêtait à surgir dans son dos.

Chapitre 21 :
Début du stage

Au QG des Space Rangers, le commandeur Rayzen venait de rejoindre son bureau, suivi de Syreene. Les deux agents étaient restés silencieux pendant le trajet et n'avaient échangé que quelques mots en entrant dans le bâtiment. Rayzen s'asseyant, sans rien dire, et posa sa tête sur ses mains croisées. Syreene resta là, attendant patiemment.

Elle connaissait bien son ancien mentor et compagnon de mission. C'était dans ses habitudes de rester ainsi, à réfléchir. Généralement, c'était dans ces moments-là qu'il trouvait la solution à divers problèmes. Cependant, elle lui trouva une mine fatiguée. Il semblait avoir pris dix ans de plus en l'espace d'un mois.

– Est-ce que tu as des nouvelles de ta promotion de scouts ? finit-il par demander.

– Non, si ce n'est qu'ils ont bien reçu leurs armures et qu'ils sont partis pour Alkor. Ils ont dû commencer l'exercice à l'heure qu'il est.

– Je vois...

– Mais dis-moi, tu ne t'inquièterais pas pour ton élève, toi le maître d'armes sans cœur et sans pitié ? taquina Syreene.

– J'ai simplement peur qu'elle ne crée des problèmes...

– Pourquoi poserait-elle soucis ? Ce n'est pas son genre ! Au contraire, c'est même une jeune fille douée, disciplinée et déterminée. Certes, ce qui s'est passé le mois dernier au tournoi de fightball était très inconsidéré de sa part, mais en dehors de cela, elle a toutes ses chances de réussir haut la main cet exercice.

– Tu ne la connais pas... elle attire les ennuis comme un aimant. C'est indépendant de sa volonté...

– Tu ne crois pas que tu exagères un peu ? Fais-lui un peu plus confiance à cette enfant ! Elle est capable de te surprendre, j'en suis sûre !

– Puisses-tu avoir raison... Quelles sont les nouvelles du front ?

– Rien de bien nouveau... les sans-lumières ont été repoussés des villes principales de Reygoria, tandis que Jycee est toujours en pourparlers pour que nous y installions une base d'opérations. Et nous sommes à deux doigts de perdre Endorine. Nous y avons envoyé encore des effectifs, mais au détriment d'autres mondes tout aussi en danger.

– Nous sommes débordés sur tous les fronts…, conclut Rayzen.

– Nous avons établi un ordre d'évacuation, mais nous attendons encore l'aval du général. Il espère que nous pourrons arriver à repousser les assauts des sans-lumières, mais la situation semble désespérée.

– Je vois…

– Qu'est-ce que tu vas faire, maintenant que tu es revenu ?

– J'ai encore mon enquête à mener. Je dois explorer les sous-sols de la ville.

– Encore au sujet de l'attaque pendant le tournoi ?

– Bien sûr. Je n'ai pas encore démantelé ce que je cherche, mais j'en suis à deux doigts.

– Et que cherches-tu ?

Rayzen se leva et ouvrit la fenêtre derrière son fauteuil puis alluma une cigarette.

– Je ne sais pas encore…

Galata et sa guide venaient de longer une longue corniche rocheuse et légèrement friable, au risque de faire une chute de quinze mètres. Bien que remise de son accident, la jeune scoute ressentait un certain malaise, comme un vertige, dès qu'elle jetait un œil en bas. Le soleil tapait fort sur la paroi de pierre et les deux jeunes filles commençaient à être en nage.

De leur position, l'immense jungle s'étendait à perte de vue, comme une mer d'émeraude. Au loin, seuls les bâtiments du spatioport dépassaient la cime des arbres, ainsi que quelques montagnes rocheuses.

Durant le trajet, Galata comprit que le terrain était difficilement praticable à pied. Karine lui avait expliqué qu'aucun véhicule à roue ne pouvait s'aventurer dans la jungle et qu'après ce qu'il lui était arrivé, il valait mieux ne pas prendre le risque de repartir avec un drone volant. La jeune aventurière semblait dans son élément parmi ces arbres immenses, ces rochers pointus et ce sol dénivelé. Elle était d'une souplesse incroyable et possédait une énergie déconcertante.

Si un jour j'ai besoin de m'entrainer, je saurais où aller, pensa Galata en admirant chaque geste de Karine.

La corniche devint un chemin plus large, puis un sentier qui se mit à descendre en pente douce.

– Enfin ! soupira Karine en s'essuyant le front. Ce passage est toujours un peu difficile à faire, surtout par cette chaleur. Il n'y a plus que trois cents mètres à faire en ligne droite pour atteindre la porte de la zone.

– Super ! J'ai hâte de commencer enfin…

Elle n'avait pas fini sa phrase que Karine se jeta subitement sur elle comme si elle voulait l'enlacer. Déconcertée, Galata ne sut comment réagir avant de tomber en arrière, poussée de force. Choquée par son attitude, elle la regarda faire quelques mouvements avec ses bras, l'un de ses bâtons dans la main avant de le pointer vers le ciel. Galata eut à peine le temps de voir un gros rocher au-dessus de leur tête avant de le voir exploser en morceaux lorsqu'il toucha le bâton de Karine, provoquant un éclair éblouissant.

La scoute se protégea des éjections dont certains lui lacérèrent les bras en tombant.

– Pfiou ! soupira Karine en rangeant son bâton. Il s'en est fallu de peu…

– Co… Comment… ?

– Oh, c'est simple ! Il suffit de frapper au bon endroit pour faire éclater le caillou en morceau. Par contre, je ne sais pas comment il a pu se détacher… C'est bizarre ! Ne traînons pas, tu as assez perdu de temps.

Elle aida Galata à se relever, examina ses coupures qui étaient superficielles et se remirent en route. La jeune aventurière était cependant un peu inquiète. La roche par ici était du genre friable, mais jamais un morceau aussi gros ne se serait détaché de cette manière. Il se serait désagrégé au fil du temps petit à petit…

Et si quelqu'un y était pour quelque chose ?

L'idée la rendit nerveuse, mais cela expliquerait l'incident de Galata. Quelqu'un lui en voulait personnellement ou au groupe de scouts tout entier.

Soudainement, ses sens repérèrent des bruits suspects à proximité. Quelque chose les suivait et ce n'était pas un animal.

– Galata, écoute-moi, chuchota-t-elle. Tu vas continuer toute seule jusqu'à la grande porte, sans te retourner ni t'arrêter. Les gardiens là-bas sont prévenus, ils te laisseront entrer dès que tu y seras.

– Hein ? Tu ne viens pas ? Qu'est-ce qui se passe ?

– Je sens qu'on est suivi et qu'on en a après toi. Surtout, tu ne t'arrêtes pas et tu cours aussi vite que tu peux. D'accord ?

– Oui, mais… et toi ?

– Ne t'inquiète pas pour moi ! Comme je te l'ai dit, personne n'a réussi à me battre jusqu'à présent, sauf les *Space Rangers*. Et ce n'est pas aujourd'hui que ça va commencer !

Elle lui fit un clin d'œil et lui fit signe de partir. Galata n'aimait pas la tournure que prenait la situation, mais elle devait accomplir son stage et décida d'obéir sans poser de question. Elle s'élança le plus vite possible, droit devant elle, en priant que rien n'arrive à Karine.

Celle-ci avait dégainé ses bâtons et s'était mise en position de combat. Son ouïe aux aguets, elle savait précisément où se trouvait celui qui les suivait depuis un moment. Et possiblement celui qui avait envoyé ce rocher sur leurs têtes. Lorsque Galata partit en courant, l'inconnu en fit de même. Karine s'élança alors pour lui couper la route en frappant de ses bâtons là où se trouvaient ses jambes. L'inconnu esquiva avec aisance en sautant pour se retrouver sur la route. Karine fit rapidement demi-tour pour faire barrage entre lui et Galata.

Le mystérieux suiveur était habillé de la tête aux pieds d'une combinaison noire et d'un masque démoniaque sur le visage. Ses mouvements étaient souples, précis et calculés. Karine comprit que ce n'était pas un simple touriste et qu'il savait se battre, mais ça ne lui faisait pas peur. Au contraire, cela faisait bien longtemps qu'elle ne s'était pas battue pour de vrai.

– Je peux savoir pourquoi tu nous suis ? lança-t-elle pour faire son travail. C'est toi qui as saboté le drone en plein vol ?

L'homme ne répondit pas. Voyant qu'elle s'interposait, il se mit lui aussi en position d'attaque.

– Très bien ! Si tu veux jouer à ça…

Elle s'élança vers lui, assénant plusieurs coups de bâton malheureusement esquivé par son adversaire. Il était d'une agilité et une vitesse déconcertantes. Elle frappa sur les deux côtés, mais il évita de nouveau en sautant en l'air puis la frappa de ses deux pieds joints sur son visage, l'envoyant à terre.

Karine se releva rapidement, mais il avait disparu de son champ de vision.

Oh non !

Un bruissement de feuilles se fit entendre derrière elle. Karine eut juste le temps de voir venir son adversaire tenter de l'assommer d'un coup de coude dans la nuque pour l'éviter de justesse. S'ensuivit alors une série de coups de poings, manchettes et genoux de la part des deux combattants qui se contraient à chaque fois. Cependant, Karine dominait en vitesse et prenait le dessus en le faisant reculer. Ce qu'elle trouvait étrange, c'était qu'il parait ses coups de bâton avec ses avant-bras sans en ressentir de douleur. Ce type devait avoir reçu un sérieux entrainement militaire pour être aussi solide.

Ce dernier perdit patience face à ce petit jeu de bras de fer et bloqua ceux de Karine en les tenant fermement par les poignets.

Celle-ci ne comprit pas comment il parvenait à réaliser ce tour de force : il lui était impossible de se défaire, malgré sa technique de dégagement. C'était comme si elle était prisonnière d'un bloc de béton. Elle tenta de le frapper à la tête avec son pied, mais il évita facilement et lui bloqua sa cheville entre l'oreille et l'épaule.

Comment il fait ça, lui ?

De toute évidence, il connaissait des techniques de combat très poussées. Réussir à la bloquer de cette manière relevait d'une grande maîtrise des arts martiaux.

Sans crier gare, il tourna trois fois sur lui-même sans lâcher sa prise, l'entrainant dans un tourbillon infernal avant de la lâcher subitement. Elle partit pour s'écraser contre un arbre de grande taille, mais elle put se remettre en plein vol, posant ses pieds contre le tronc pour reprendre son élan et repartit en vrille vers son opposant, ses bâtons prêts à briser des os.

Mais le mystérieux combattant para de nouveau ce qu'aucun être humain n'aurait pu contrer sans se briser les os. Il répliqua d'un coup de pied dans le ventre de Karine qui en eut le souffle coupé avant de retomber lourdement sur le sol poussiéreux du sentier.

– Argh ! Espèce de… !

Karine n'en revenait pas. C'était une guerrière d'Alkor, membre de la sécurité de la réserve. Une combattante aguerrie qui avait vaincu des tas d'adversaires sans problème jusqu'à aujourd'hui. Seuls des *Space Rangers* étaient capables de la mettre autant en difficulté. Et cet inconnu y parvenait avec tant de facilité...

Maintenant qu'elle y pensait, il avait une façon de se battre assez similaire, mais il y allait avec plus de force et de brutalité. Si tel était le cas, elle n'avait pas le choix...

Karine se releva à l'aide de son bâton. Elle fixa son adversaire et se mit à émettre une sorte de grondement sourd venant du fond de ses entrailles. Ses yeux se révulsèrent, ses cheveux se dressèrent et ses muscles se mirent à tressailler. Son opposant écarquilla les yeux à travers son masque, se demandant ce qu'elle était en train de faire. Puis, elle émit un cri d'animal sauvage, fort et enragé, comme un énorme chat sauvage.

Karine partit en courant avec une vitesse accrue, déstabilisant son adversaire. Elle frappa avec plus de force, jonglant entre ses ongles, devenus presque des griffes, et ses bâtons. L'inconnu eut plus de peine à se protéger contre ces assauts répétés, son vêtement se déchirant sous les coups de serres de la sauvageonne.

On aurait dit une fille en pleine crise d'hystérie, n'ayant plus sa conscience humaine et ne laissant exprimer qu'une rage ancestrale, une fureur incontrôlée.

Au bout de quelques instants, elle réussit à frapper son adversaire sans qu'il puisse la contrer, d'un coup de paume sous le menton puis d'un revers de coude dans le ventre avant de finir par un coup de pied sauté. L'inconnu finit à terre, fortement secoué.

Karine émit un dernier feulement de chat enragé avant de reprendre ses esprits.

– Pfiou ! souffla-t-elle. Ça faisait longtemps… je n'aime pas utiliser cette technique, mais devant un type pareil…

Elle appuya sur un bouton situé sur son bracelet et appela la base d'opérations :

– Ici Karine ! Je viens de neutraliser un suspect au point K-6 B-8, à proximité de la porte de la zone d'exercice. Je demande des renforts, le suspect est dangereux !

Elle s'approcha ensuite de lui pour tenter de lui passer des menottes, mais ce dernier la frappa au visage d'une manière traîtresse. Karine bascula en arrière, une vive douleur à la joue. Avant qu'elle ne puisse faire quoi que ce soit, l'inconnu était sur elle, entouré d'une étrange aura démoniaque et la frappa d'un seul coup contre la poitrine. La jeune aventurière eut le souffle coupé puis tout devint blanc autour d'elle, sombrant dans l'inconscience.

L'inconnu se releva, enleva son masque, dévoilant le visage d'un adolescent au visage ténébreux, ses cheveux noirs mi-longs tirés en arrière et ses yeux gris donnant un regard pénétrant et froid. Légèrement essoufflé, il s'en était fallu de peu pour que cette fille lui fasse mordre la poussière. Sa technique de Berserker l'avait surpris et sans ses capacités, il n'aurait pas tenu bien longtemps.

Klyne se pencha sur elle, écarta une mèche de cheveux et l'observa un instant.

– Désolé, ma jolie, mais je n'ai pas de temps à perdre avec toi…, souffla-t-il avant de se relever.

Il remit son masque et sauta dans les arbres en espérant rattraper Galata avant qu'elle n'atteigne la porte de la zone.

Chapitre 22 :
Un étrange adversaire

Galata venait d'arriver devant deux immenses battants de fer qui clôturaient un immense rempart en béton armé dont la paroi n'avait aucune prise pour grimper. Seul le haut des arbres à l'intérieur était visible. Deux miradors étaient construits un peu plus en avant avec des *Rangers* à l'intérieur. Quand ils la virent arriver, ils firent signe à ceux qui étaient au-dessus des portes pour les ouvrir à son passage. Dans un grincement semblable à un grondement d'orage, les deux battants s'écartèrent l'un de l'autre.

– Merci ! cria Galata en passant entre les miradors en faisant signe aux *Rangers*.

Elle se dépêcha d'entrer. Elle se sentit minuscule face à l'énorme porte de fer, haute d'au moins vingt mètres. Une fois passée, les battants se refermèrent dans un bruit qui résonna dans la vallée qui faisait face à elle. La zone était si grande qu'elle ne voyait même pas le rempart de l'autre côté.

Un chemin descendait en pente douce, s'enfonçant dans la jungle où résonnaient divers cris d'animaux qu'elle ne connaissait pas.

– OK..., murmura-t-elle. Pas de panique, je n'ai qu'à mettre en application mon entrainement...

En vérité, cet entrainement ne l'avait pas vraiment préparé à un stage de survie. Même avec maître Rayzen rien n'avait consisté à être laissé dans un environnement inconnu.

Se rappelant les objectifs à atteindre, elle sortit son GPS et se mit en route pour trouver une de ces fameuses balises. Aucune d'elles n'était présente dans les environs, il fallait se déplacer pour les chercher. Un bouton sur le côté permettait de dézoomer sur la carte afin d'étendre ses recherches et trouver celle qui se trouvait le plus proche de sa position.

Il lui fallait aller vers le nord-est, en coupant à travers la forêt en lui faisant quitter le sentier.

– Puisqu'il faut y aller...

Elle examina les alentours, vérifiant s'il n'y avait pas d'animaux à proximité. Puis, prise d'une soudaine excitation, elle appuya sur le bouton rouge de son pack dorsal.

Son armure se déploya alors sur son corps, à commencer par les parties fixes qui se déplièrent le long de son dos, son torse, ses jambes et ses bras.

Puis, comme un fluide possédant sa propre intelligence, le reste de l'armure l'enveloppa en suivant la structure précédemment déployée. Une fois terminé, l'ensemble vint se coller contre sa peau pour s'ajuster à son corps. Un message apparu sur la visière de son casque lui demandant si elle désirait enregistrer cette configuration.

– Euh… oui, répondit-elle, n'ayant pas de clavier pour écrire sa réponse.

Cela suffit à valider la demande. L'armure lui demanda ensuite de préciser son nom.

– Galata.

Le dernier message indiqua que cette armure était désormais enregistrée sous son nom et la forme de son corps.

Galata n'en revenait pas. Elle avait enfin sa propre armure. Elle admira ses bras métallisés, tâtonna son corps recouvert de cette matière à la fois solide et souple comme son plastron d'entrainement en MetaPlast. Ce qui la gênait un peu, c'était que la combinaison épousait parfaitement ses courbes, elle aurait donné n'importe quoi pour avoir un miroir et vérifier que ce n'était pas trop moulant.

Mais équipée ainsi, elle se sentait rassurée. Son potentiel luminique était comme entré en ébullition après le déploiement. D'après ce que maître Rayzen lui avait expliqué, l'armure était alimentée par la lumière interne du *Ranger*, assurant une certaine constance du pouvoir. En contrepartie, cela consommait les lumens du *Ranger* sans l'épuiser jusqu'à la mort. Un dispositif de sécurité était installé pour que l'armure se désactive avant de vider son porteur de toute sa lumière interne.

Sur la visière du casque, Galata voyait les indications s'afficher sur les côtés, de cette manière elle pouvait contrôler la situation. Ayant son plein d'énergie, elle garda l'armure déployée et s'enfonça dans la jungle touffue.

Mélissandra était à la recherche de Karine après que les *Rangers* aient confirmé la présence de Galata dans la zone d'exercice, mais sans elle, ce qui était anormal. Karine avait beau être excentrique, elle était sérieuse dans son travail et n'aurait pas laissé la jeune scoute sans protection, même à proximité des portes. Et même si elle n'avait rien trouvé de suspect dans la zone du crash, elle était persuadée que quelqu'un avait tiré un obus sur le drone pour qu'il s'écrase.

Avant de partir, elle avait prévenu le *Ranger* Trekker de la situation. Restait maintenant à trouver cette chipie de Karine en espérant qu'il ne lui était rien arrivé.

Elle était proche des portes de fer. Les *Rangers* sur les miradors avaient bien précisé qu'ils n'avaient rien vu de particulier donc, Karine ne devait pas être visible depuis leur position.

Mélissandra s'arrêta au sommet d'un arbre avec la souplesse et l'élégance d'un chat. De là, elle observa le chemin qu'elles avaient dû prendre toutes les deux. À part la grande corniche rocheuse, le sentier n'était pas visible. Elle décida de redescendre et de prendre leur chemin à l'envers. Elle finirait bien par trouver.

Elle reçut un appel sur son bracelet électronique. C'était le centre d'opération.

– Mélissandra ! Nous avons reçu un appel de Karine. Elle a neutralisé un suspect au point K6 B8 et demande du renfort. Mais nous n'avons plus de nouvelle depuis.

– Très bien, je suis à proximité !

Maintenant, elle savait où chercher. Ce n'est qu'au pied de la falaise qu'elle vit une petite masse inerte sur le sol. Elle reconnut son adjointe par ses cheveux rose bonbon et se précipita vers elle. Son pouls était un peu irrégulier et sa respiration faible.

– Karine ! Réveille-toi, allez !

Elle la secoua, mais elle ne réagit pas. Elle lui donna une claque sur la joue. Karine gémit légèrement et entrouvrit les yeux.

– Karine ! Est-ce que ça va ? Qu'est-ce qui t'est arrivé ?

– Je… je…

Elle l'aida à se mettre assise.

– Qu'est-ce qui m'est arrivé ? demanda Karine en se frottant les yeux.

– J'aimerais le savoir… Je t'ai trouvé ici, inconsciente. Et où est ton suspect ?

– Mon… ? OH ! L'ORDURE !

Elle se releva d'un bond comme une furie, cherchant celui qu'elle avait arrêté, avant de retomber sur ses genoux, la tête lui tournant quelque peu.

– Il n'est plus là ! Qui l'a emmené ? Où il est ?

– Calme-toi ! lui dit Mélissandra. Il a dû te prendre par surprise.

– Je l'avais mis K.O ! Il était à terre !

– Écoute, calme-toi et explique-moi tout.

Karine relata son combat contre le mystérieux suiveur. Mélissandra sembla, par la suite, perplexe.

– Un type d'une telle force, capable de te battre... il n'y a que les *Space Rangers* qui sont à même de nous défaire dans un combat.

– Il était aussi fort qu'un *Ranger* mais il y avait quelque chose de différent.

– C'est-à-dire ?

– Eh ben... les *Rangers* ont de la lumière en eux, tout le monde le sait. Mais ce gars, c'était... un peu comme si c'était l'inverse, aucune lumière en lui, mais de la noirceur... une profonde obscurité dans son âme. Je l'ai senti dans ses gestes, ses mouvements de combat et sa manière très agressive de se battre.

– Je vois... Il est temps d'alerter Trekker sur la situation. Il va falloir se mettre en état d'alerte maximum, ce type est trop dangereux pour le laisser courir comme ça.

– Et le stage des scouts ?

– Je ne sais pas encore, mais je pense qu'il faudra l'annuler...

Toujours équipée de son armure, Galata venait de parcourir plusieurs kilomètres à travers le terrain décousu entre mangrove, marais et végétation dense. Ce n'est que lorsqu'elle s'arrêta pour visualiser sa position qu'elle ressentit une forte chaleur sous sa combinaison protectrice. Elle était en nage et se sentit soudainement mal à l'aise. Elle appuya sur le bouton sur son torse et l'armure se replia en quelques secondes. L'air libre fut comme une bouffée d'air frais malgré la chaleur et l'humidité environnantes.

– Ils auraient pu mettre la clim à l'intérieur, soupira-t-elle.

Elle se sentait désormais vulnérable sans sa protection. De plus, elle lui procurait une force et une agilité accrues qui lui ont permis de traverser des obstacles avec plus de facilité que sans, mais choisir entre ça et un sauna portatif...

Ce doit être à cause du fait qu'elle utilise ma lumière pour fonctionner, pensa-t-elle. *Je sens encore cette chaleur en moi...*

Elle se posa sur un gros rocher plat qui sortait du sol et en profita pour évaluer la situation.

Cela faisait plus d'une heure qu'elle était entrée dans la zone, avec bien deux heures de retard sur les autres. Ce n'était pas une course, évidemment, mais elle voulait être dans les premiers à revenir avec sa balise. Celle-ci se trouvait d'ailleurs à quelques mètres d'elle, mais difficile de la voir avec toutes ces fougères et racines aussi hautes qu'elle. Le GPS n'était pas plus précis, le point indiquant la balise prenait une certaine surface sur l'écran. Cela se transformait en une chasse au trésor.

Après avoir bu un peu du contenu de sa gourde, elle se mit à la recherche de son second objectif, écartant les hautes herbes, regardant sous les racines et même dans les arbres. Rien. Serait-elle sous terre ?

Ce serait bien malin de faire un coup pareil. Non, elle devait forcément être visible. À moins qu'un animal ne l'ait pris et enterré...

Elle décida de prendre de la hauteur pour mieux observer. La balise était peut-être plus facilement visible qu'elle ne pensait. C'est alors qu'elle entendit quelque chose approcher dans les fourrés. Se rappelant des créatures qui hantaient cette végétation, elle pria que ce ne soit pas un prédateur.

Une petite tête blonde dépassa des fougères. Galata reconnut Glen, un garçon scout au visage fin et le corps maigrichon. Il y a quelques jours, elle l'avait affronté dans un combat d'entrainement et n'avait guère apprécié le combat avec lui. Il avait une manière sournoise de se battre, cherchant des opportunités pour gagner même si cela n'était pas honorable. Elle avait même été étonnée qu'il ne perde pas sa lumière comme les autres aspirants qui ne purent finir leur entrainement.

D'après ce qu'elle voyait, il était à la recherche de la même balise qu'elle et venait d'ailleurs de ramasser un petit objet métallique qui émettait un clignotement rouge.

La balise !

– Ah non ! s'écria-t-elle.

Elle sauta par terre à côté de Glen. Celui-ci, surpris, fit un bond de côté, croyant être attaqué.

– C'est toi Galata ? Tu m'as fait peur, ça ne va pas ?

– Ça fait un quart d'heure que je cherche cette fichue balise et toi, tu la chopes au premier coup d'œil ! Rends-moi ça !

– Pas question ! répliqua-t-il. Tu n'avais qu'à la trouver avant ! C'n'est pas mon problème si tu n'as pas été capable de la voir.

Galata bouillonnait de rage. Voir son objectif prit de court de cette manière…

– Premier arrivé, premier servit ! répliqua-t-elle.

– Tu ne t'es pas servi la première, que je sache !

– Grrrrrr !

Un autre bruissement de feuillage se fit entendre.

Encore un qui veut sa part du gâteau ? pensa-t-elle, amère.

Les fougères devant eux bougeaient sur le passage de quelqu'un, mais de si petite taille que les deux scouts ne voyaient pas sa tête.

– Euh… Je ne crois pas que ça soit un être humain, souffla Glen, soudainement peu rassuré.

Au travers des tiges végétales, Galata aperçut deux yeux jaunes qui la fixaient sournoisement. Ce n'était, effectivement, pas un être humain, mais un animal de la réserve. Et pas n'importe lequel. Galata reconnut le pelage noir autour des yeux du prédateur : un jaggopard des arbres.

Karine lui avait dit de se méfier de celui-là. Même s'il ne s'attaquait généralement pas aux humains, il était aussi de nature imprévisible.

– Je… je crois qu'il faut filer…, souffla-t-elle.

– Bonne idée…

Avant qu'ils ne puissent bouger un cil, l'animal bondit en avant, dans un saut majestueux. Par réflexe, les deux adolescents se recroquevillèrent sur eux-mêmes, terrorisés.

Cependant, le félin avait choisi une autre proie qui s'était trouvée juste derrière eux, bien plus dodue et appétissante que deux ados maigrelets.

Toujours apeurés, Galata et Glen regardaient le jaggopard planter ses canines pointues dans la jugulaire de sa victime, une sorte de croisement entre un bébé hippopotame et un lézard. Le féroce félin s'était agrippé sur sa peau avec ses griffes, ses crocs tenant toujours fermement la gorge de cet autre étrange animal, poussant son feulement agressif. Il ne le lâchera pas tant qu'il ne sera pas mort.

Prit d'une certaine nausée, Galata fit un pas en arrière, suivit de Glen, puis ils partirent en courant en mettant le plus de distance possible avec la scène du carnage.

Chapitre 23 :
Le labo secret

Trekker était appuyé sur la console de commande, réfléchissant à toute vitesse. Pour sa première fois en tant que dirigeant du stage de survie des scouts, il fallait qu'un problème de cette taille survienne.

– Nous ne pouvons pas stopper le stage, finit-il par lancer. Cela compliquerait trop les choses.

– Mais la vie des scouts est potentiellement en danger ! répliqua Mélissandra. Ce type est capable de tenir tête à des agents de sécurité comme Karine et il semblait en vouloir à la petite Galata !

– Dans ce cas, c'est l'affaire des *Rangers*, décréta Trekker. Je vais aller moi-même trouver cet individu, quitte à explorer la planète entière. En attendant, je veux que ton équipe aille sur le terrain pour surveiller les scouts durant leur exercice. Il faut deux agents par recrue.

– Mais est-ce vraiment prudent ? N'allons-nous pas perturber leur exercice ?

Trekker la regarda droit dans les yeux, toujours avec son maintien rigide et froid.

– Les agents de sécurité d'Alkor ne sont-ils pas réputés pour leurs aptitudes à la discrétion ?

– Toujours à avoir le dernier mot, soupira Mélissandra. Tu ne changeras jamais… Très bien, j'envoie mes équipes sur le terrain pour surveiller tes scouts. Mais je te préviens : n'impose pas la responsabilité à mes hommes de ce qui peut se passer là-bas !

– J'en prendrais moi-même la responsabilité. Ne t'inquiète pas.

– Je peux au moins te louer cette vertu, admit la jeune femme. Tu es un homme de parole.

– Toujours !

– Par contre, ce n'est pas la modestie qui t'étouffe…

– Je suis simplement conscient de mes qualités et de mes défauts. Je sais qui je suis et ce que je vaux, ce qui fait que je connais mes limites.

– Mouais… reste quand même prudent avec cet agresseur.

– Tu t'inquiètes encore pour moi ? s'étonna Trekker. J'en suis flatté.

Mélissandra le fusilla du regard avant de répliquer :

– Ne te méprends pas ! Mes inquiétudes sont purement professionnelles. Dois-je te rappeler que notre relation est terminée ?

– Oh que non, je m'en rappelle fort bien…

Un silence pesant s'installa dans la salle. Les autres agents les regardaient, gênés par la scène.

– Je vais aller préparer mes équipes, déclara alors Mélissandra, rouge de confusion.

Trekker, lui, semblait rester impassible. Il la laissa s'en aller, son regard bloqué sur les fenêtres.

– Je pars à la recherche de cet individu, finit-il par dire. Je serai en silencieux, si vous me contactez, ne soyez pas étonné si je ne réponds pas.

Et il partit à l'opposé de la cheffe de la sécurité d'Alkor.

Cette dernière, se dirigeant vers le cantonnement de ses troupes, bouillonnait de rage.

Cet imbécile de Trekker… Toujours aussi condescendant ! Comment peut-il être un Ranger *avec une attitude pareille* ?

En passant vers l'infirmerie, elle entendit des éclats de voix qui venait de l'une des chambres, la faisant sortir de ses pensées. Elle reconnut celle de Karine qui y a été déposée pour être soignée.

– Remettez-vous au lit, jeune fille ! tempêta une voix forte.

– Non ! répliqua Karine. Laissez-moi sortir d'ici !

Mélissandra soupira et entra dans la chambre pour savoir ce qu'il se passait, bien qu'elle en eût déjà une forte idée.

– Quel est ce vacarme, Karine ? demanda-t-elle d'un ton autoritaire.

– Cette mégère m'empêche de retourner travailler ! cria Karine, sa tenue de patiente en lambeaux, dévoilant une partie de son corps couvert de contusions.

– Comment ? s'offusqua l'infirmière, une dame forte au visage cramoisi. Petite mal élevée !

– Karine, je t'ordonne de te calmer ! lança Mélissandra. Ton état ne te permet pas de retourner faire ton tour de garde. Tu as besoin de soins alors reste tranquille !

– Mais… ?

– C'est un ordre !

Karine soupira à la manière d'une petite fille capricieuse et s'enroula dans ses draps, boudeuse. L'infirmière eut un sourire satisfait et prit une seringue sur un plateau.

– Il va falloir vous administrer un calmant, dit-elle avec un réjouissement non dissimulé.

– Ah non ! répliqua Karine. Pas de piqûre, j'en suis allergique !

– Et moi aux petites impertinentes !

– Alors je vais vous provoquer une éruption cutanée dont vous vous souviendrez longtemps !

– J'en ai maté des plus coriaces, croyez-moi !

Voyant sa camarade se débattre farouchement, Mélissandra vint prêter main-forte à l'infirmière qui injecta la seringue dans la cuisse de Karine.

– Traîtresse ! Je… ooooh, gaaaaaaaah…

L'effet fut quasi immédiat. Karine s'endormit au grand soulagement des deux autres femmes.

– Nous voilà tranquilles pour quelques heures, dit l'infirmière en s'essuyant le front. Quelle véritable teigne !

– Il faudra la surveiller de près, dit Mélissandra en la recouvrant de ses draps. Elle est capable de s'enfuir dès qu'elle en aura l'occasion.

– Ne vous inquiétez pas, je vais verrouiller la porte.

En partant, Mélissandra n'était pas tranquille à son sujet. Sachant qu'elle s'était fait battre par cet inconnu, il valait mieux qu'elle reste alitée.

Les deux Rangers attendaient patiemment, près de la bouche d'égout, que le commandeur Rayzen les rejoigne. Encore une fois, ils étaient assignés à une mission dans les sous-sols de la ville, dans la crasse et l'odeur les plus immondes de l'univers en pleine nuit, un dimanche soir.

– J'en ai plus qu'assez de descendre en enfer ! se plaignit Kinay. Pourquoi c'est toujours nous ?

– Parce que les copains sont tous envoyés dans les missions les plus intéressantes et qu'on est les seuls clampins à rester ici... Et tais-toi, tu vas encore te faire surprendre par le commandeur !

– Ouais... il est toujours là dès qu'on parle de lui... genre tu prononces son nom et il apparait !

– En effet, dit la voix du commandeur dans leur dos.

Drey et Kinay eurent un sursaut, comme s'ils avaient reçu une décharge électrique dans le dos. Rayzen était derrière eux, s'équipant du masque respiratoire.

– Où est-ce qu'on va cette fois, commandeur ? demanda Drey, espérant détourner la conversation.

– On retourne au même endroit, répondit l'officier, impassible.

Kinay eut un visage dépité :

– On va encore devoir creuser ? Cette paroi est indestructible !

– Ce n'est pas une paroi, mais une porte cachée.

– Une porte cachée ? Mais comment... ?

– Je l'ai découvert par hasard après votre départ. J'ai pu aller assez loin, mais j'ai été surpris par un déchargement d'eau qui m'a emporté jusqu'à la mer du quartier sud.

– Et vous avez survécu ? s'étonna Drey. Comme vous êtes fort, commandeur !

Ce dernier ne répondit pas, avançant dans la pénombre du couloir humide.

– Fayot..., souffla Kinay.

Le trio s'aventura un long moment. L'odeur de moisissure était toujours aussi forte, bien que mélangée à un parfum d'iode et d'eau salée.

Ils arrivèrent à l'embranchement où le commandeur était arrivé la dernière fois. La partie gauche était toujours remplie de gravats et ne semblait pas avoir subi la fureur de l'eau qui s'était déchainée sur lui.

Il y a quelque chose d'anormal, pensa-t-il. *D'où est venu ce torrent ?*

– On va passer par-là, déclara-t-il en montrant le tas de gravats.

– Et c'est parti pour creuser..., souffla Drey.

– Ça ne devrait pas trop poser de soucis, dit Kinay en examinant le sommet du tas. On dirait qu'il y a un passage par-là, en dégageant un peu on devrait pouvoir passer.

Ils gravirent les débris de béton, dégagèrent les morceaux accessibles pour se frayer un chemin et passèrent de l'autre côté. Le tunnel continuait encore comme une voie sans fin. Mais contrairement au reste derrière eux, les murs, le plafond et le sol étaient d'une grande propreté.

– L'endroit est en meilleur état ici donc il y a bien eu une activité humaine dans cette partie, conclut Rayzen. Nous touchons au but.

– Vous sentez ça ? demanda Drey en posant sa main sur le sol. Il y a comme une vibration à travers le béton…

– Des machines…

Le commandeur bondit en avant, suivi des deux Rangers. Après quelques minutes, ils arrivèrent à un cul-de-sac, où la seule sortie était une ouverture en hauteur accessible par une échelle en métal. Rayzen y monta sans attendre et passa à travers le trou béant.

La pièce suivante était très haute. Une lumière noire l'éclairait, faisant deviner les contours de grandes cuves en verre reliées entre elles par de longs tubes où coulait un liquide rendu fluo par l'ultraviolet.

Rayzen fit signer aux deux agents de rester silencieux. Il se plaqua contre la paroi et avança avec précaution. Il ne semblait y avoir personne. Il indiqua à Kinay de partir à l'opposé. Drey resta à sa place, attendant de voir si quelque chose allait se passer.

Pendant un moment, il n'entendit rien d'autre que le bourdonnement des machines. Il observait les cuves remplies de cet étrange liquide. Rien d'autre ne gisait à l'intérieur à part quelques bulles. Ce n'est qu'au bout d'un moment qu'il entendit

Kinay émettre un son incompréhensible puis, dans un fracas assourdissant, il le vit voler à travers la pièce pour atterrir contre la paroi d'une cuve qui vola en éclat.

Alerté, Rayzen s'élança vers lui avant de se stopper net. Drey comprit alors pourquoi : un sans-lumière, d'une taille massive, se trouvait de l'autre côté de la pièce, la noirceur dont il était composé s'agitant comme des flammes sombres.

– Ranger Drey ! cria-t-il. Occupez-vous de lui pendant que je sors Kinay de là !

– Bien reçu !

Drey se posta devant l'affreuse créature qui tourna alors sa tête vers lui. On aurait dit un lion de la taille d'un éléphant, prêt à bondir.

Le Ranger n'attendit pas et lança son rayon de lumière dans sa direction, mais cela n'eut pas l'effet escompté. Au lieu de désintégrer la forme démoniaque, le rayon ne fit que la repousser de quelques centimètres.

– Quoi ? Mais comment… ?

Rayzen lui-même ne comprit pas ce qu'il se passait. Même aussi volumineuse, la créature aurait dû disparaitre face à la lumière.

Drey recommença en y mettant plus de puissance. Le sans-lumière reçut l'attaque de plein fouet, le poussant contre le mur derrière lui. Toujours pas de désintégration, mais le démon fut bien plus impacté.

– Commandeur ! Je ne comprends pas…

– C'est impossible ! Insistez, *Ranger* Drey !

Il tenta de réveiller Kinay, encore inconscient. Celui-ci perdait un peu de sang au niveau de la tête.

Il fait peut-être une hémorragie interne… il faut l'emmener d'urgence à l'hôpital. Mais comment sortir d'ici face à ce monstre ?

Drey avait beau lancer ses rayons de lumière, la créature n'était que repoussée. Le *Ranger* commençait à sentir son pouvoir luminique diminuer, il ne tiendrait pas longtemps. Rayzen reposa doucement Kinay et se releva. Même s'il n'était sorti que depuis quelques heures de l'hôpital, il n'avait pas le choix que d'user de son pouvoir en cet instant.

Drey vit son supérieur s'avancer face à la créature en lui faisant signe d'arrêter.

– Commandeur ! Qu'est-ce que…

– Emmenez Kinay se faire soigner et appeler le capitaine Sanders en renfort ! Je vais m'occuper de lui…

– Mais…

– C'est un ordre, *Ranger* !

Drey savait que le commandeur ne pouvait utiliser son potentiel luminique comme les autres *Rangers* et que cela représentait un risque pour lui. Cependant, il se devait d'obéir. Il prit son camarade sur son épaule et sortit de la pièce. Une fois passée l'ouverture qui reliait la salle aux égouts, il entendit le rugissement de la créature puis un flash aveuglant se répandit jusque dans le tunnel avant un lourd silence.

Chapitre 24 :
Une épreuve difficile

Syreene avait été appelée en urgence par le *Ranger* Drey. Ce dernier l'avait contacté comme le lui avait demandé le commandeur Rayzen et lui avait expliqué la situation. Après lui avoir ordonné d'aller déposer Kinay au centre de secours le plus proche, la jeune femme était partie en toute hâte avec deux autres *Rangers* et un secouriste pour retrouver son supérieur.

Suivant les indications que leur avait données Drey, l'équipe s'avançait dans le dédale souterrain jusqu'à trouver le passage secret.

– C'est ici, dit-elle en examinant les lieux.

– Qui a donc créé ce tunnel ? demanda l'un des agents.

– C'est ce que voulait découvrir le commandeur, répondit Syreene. Allons-y !

Ils s'engouffrèrent à l'intérieur, usant de leur pouvoir luminique pour s'éclairer. Syreene ouvrait la marche et avançait rapidement. Elle était inquiète au sujet de Rayzen. Lui qui venait de sortir de l'hôpital, elle craignait qu'il ne soit obligé d'y retourner.

Il n'y avait aucun bruit si ce n'était leur pas résonnant dans ce tunnel sombre et humide. L'équipe avait l'impression d'entrer dans un tombeau. Une émotion étrange les envahissait comme si la mort et le désespoir étaient maîtres des lieux.

– Capitaine, souffla l'un d'eux. Est-ce que… ?

– Oui, répondit-elle en devinant sa question. Des sans-lumières de niveau supérieur !

– C'est impossible ! On est à Energy City !

– Je sais… Mais je crois que le commandeur Rayzen était sur une piste brûlante. Et que des sans-lumières se terrent dans les sous-sols de la ville.

Le secouriste s'arrêta net. Il n'était pas un *Ranger* avec un pouvoir de lumière, ce n'était qu'un infirmier formé pour sauver des gens, pas combattre des démons.

– Restez en arrière, lui dit Syreene. *Rangers*, en armure !

Ils ouvrirent leurs combinaisons métalliques et se tinrent prêts au combat. Le capitaine fit de même et continua d'avancer. Des grognements sinistres se firent entendre de l'autre côté du tas de gravats. Les monstres étaient là, tout près, et aucun renfort n'était disponible dans la cité des *Space Rangers*.

Puis plus rien. Comme s'ils avaient disparu. Syreene resta prudente et s'avança jusqu'au sommet des gravats. Elle risqua un coup d'œil... rien. Aucun monstre n'était présent.

– Mais qu'est-ce que ça veut dire ? marmonna-t-elle.

Elle fit signe au reste de l'équipe de la suivre et passa de l'autre côté.

– Restons sur nos gardes. Ils sont peut-être partis, mais ils ne sont pas forcément loin.

Elle se tourna vers le secouriste :

– Restez entre les deux *Rangers*, c'est plus prudent.

Il ne se fit pas prier deux fois. L'équipe continua d'avancer dans le long couloir sombre, la tension montant progressivement. Le silence était pesant, comme dans des catacombes.

Ils arrivèrent devant l'ouverture qui menait à la grande salle. Les grandes cuves étaient détruites pour la plupart et le sol était inondé du liquide qu'elles contenaient. Ce dernier était terriblement visqueux et répandait une odeur chimique dans l'air.

– Est-ce que c'est dangereux ? demanda l'infirmier.

– Non, répondit l'un des deux *Rangers* après une analyse sur la visière de son casque. Mais c'est une matière très collante et nutritive. Étrange de voir ça dans un endroit comme celui-là...

– Je ne vois pas le commandeur Rayzen, s'inquiéta Syreene. Ni de sans-lumière.

– Allons fouiller cette pièce, proposa le second *Ranger*. On peut avancer en brûlant cette mélasse avec nos rayons de lumière.

Le capitaine approuva et ils se frayèrent ainsi un chemin. Ils examinèrent chaque recoin de la salle, mais ne trouvèrent aucune trace du commandeur, ni même du moindre être démoniaque.

Rayzen… où es-tu ?

Glen et Galata s'étaient arrêtés, à bout de souffle, après quelques kilomètres de course intensive à travers l'épaisse végétation. À priori, le prédateur ne les avait pas suivis, trop occupé avec sa proie qu'elle était probablement en train de dévorer.

– Tu… crois qu'elle… va nous… retrouver ? demanda Glen en reprenant sa respiration.

– J'espère… que non… Pfiou ! J'ai bien cru… devenir une… saucisse forestière !

– On ne devrait… peut-être pas rester immobile.

– Tu as raison… mais on devrait trouver de l'eau avant… J'ai cru apercevoir un ruisseau en arrière.

– Mauvaise idée ! Tu n'as pas lu le bestiaire qu'on nous a fourni ?

– Beeeeeen… non.

– Et tu crois réussir l'épreuve comme ça sans lire les informations que l'on te donne ? Pitoyable…

Le sang commença à monter à la tête de la jeune fille.

– Non, mais… hé ! T'en veux une ?

– Les prédateurs comme le jaggopard vont souvent vers le point d'eau le plus proche après leur repas ! On va devoir aller ailleurs ou patienter avec nos gourdes !

Il fit volteface et continua la route en marchant, laissant Galata sur place.

– Mais… ? Tu vas où ?

– À ton avis ? On a une mission à accomplir ! Et ne me suis pas, je n'ai pas envie d'avoir une traînarde dans les pattes !

Ouuuuuuh… Je vais lui montrer moi, qui est la traînarde !

Mais que faire ? Le suivre ? Elle ne voulait pas passer pour une incompétente qui ne savait que suivre les autres. Partir de son côté ? Pour aller où ?

Elle regarda Glen s'éloigner et sentit une certaine lassitude l'envahir. Elle voulait que ce stage soit déjà fini, elle qui avait attendu tout l'été pour y participer…

Au moment où elle se posa pour réfléchir, elle entendit une voix familière l'appeler :

– Galata ! Par ici !

– Jane !

Son cœur bondit de joie en voyant son amie à quelques mètres d'elle. Jane la rejoignit, le visage cramoisi par le soleil.

– Ouf ! souffla-t-elle. Je suis contente de te retrouver…

– Et moi donc ! dit Galata, les larmes aux yeux.

– J'étais derrière toi avec mon drone quand le tien a explosé en plein vol. Je t'ai vu piquer droit sur la forêt alors que ce n'était même pas la zone d'exercice. J'ai tellement eu peur ! Qu'est-ce qui s'est passé ?

Galata lui relata les faits depuis son réveil jusqu'à sa course avec Glen.

– Mais quel goujat, celui-là ! s'exclama Jane. Un vrai rustre !

– Du coup, je me retrouve sans rien pour l'instant...

– On vient à peine de commencer, rassura-t-elle. Moi j'ai eu de la chance, celle que j'ai trouvé était à côté de l'endroit où j'ai atterri. Mais les autres...

– Il ne faut pas rester au même endroit... on n'est qu'au premier jour, mais il faut se dépêcher de trouver un endroit pour la nuit.

– Tu as raison.

Elle sortit son GPS et analysa l'écran.

– On va se rapprocher de ces deux points, dit-elle. En espérant que personne ne les prenne avant nous.

– Ne perdons pas de temps alors !

Deux jours passèrent. Galata et Jane avaient traversé en long la zone de l'exercice à la recherche de leur objectif au gré des obstacles qui se posaient sur leur route. Galata avait trouvé une balise tandis que Jane en était à deux. Arrivées au quatrième jour du stage, elles étaient épuisées et démoralisées. Elles avaient fini leurs rations de survie et cherchaient à remplir leurs gourdes, mais aucun point d'eau n'était à proximité.

La chaleur humide devenait insupportable et cela leur créait des ampoules aux pieds. Leur gorge était desséchée et la peau recouverte de poussière et de pollen.

Marchant dans ses derniers efforts, Galata, la tête baissée et les bras pendants, s'avançait distraitement et se cogna la tête contre une surface dure. Elle n'eut même pas la force de crier et retomba mollement en arrière.

– Galy…, murmura Jane, est-ce que ça va ?

– Je sais pas… j'ai mal… mais je suis trop fatiguée pour pleurer et j'n'ai plus d'eau en moi pour des larmes… qu'est-ce qui m'est arrivé ?

– Tu t'es cogné contre un mur…

– Ah ? Tiens, oui…

C'était le mur haut de plusieurs mètres qui délimitait le périmètre de l'exercice. Elles le regardèrent pendant quelques secondes, puis Galata explosa en frappant le mur de ses poings :

– BON SANG DE BON SANG ! ON A TRAVERSÉ LA ZONE D'UN BOUT À L'AUTRE SANS VOIR UNE AUTRE DE CES FICHUES BALISES, ON EST MORTE D'ÉPUISEMENT, J'AI SOIF, J'AI FAIM ET JE VEUX UN BAIIIIIIIIIIIIIN !

Par dépit, elle retomba sur les genoux et se mit à sangloter. Jane était dans le même état et ne savait quoi faire pour la consoler. Elle regarda son GPS et vit que la balise qu'elles cherchaient depuis des heures n'apparaissait plus sur son écran.

Elle aussi avait envie de pleurer, tant la fatigue et le découragement l'envahissait. Marcher en faisant tant d'effort pour rien…

Au bout de quelques secondes, elles entendirent une sorte de grondement souterrain puis comme une petite explosion. Un puissant jet d'eau dépassa la cime des arbres à quelques mètres des deux filles avant de retomber en une pluie chaude.

– Qu'est-ce que c'est ? demanda Galata.

– On aurait dit un geyser…, répondit Jane.

– Un geyser ? Alors ça veut dire…

Elle se leva d'un bond, comme prise par un regain d'énergie et courue en direction du jet d'eau.

– Hé, attends-moi !

Jane la suivit avec plus de difficulté pour se déplacer, ses muscles réclamant de l'énergie qu'elle n'avait pas.

Galata était en extase devant une plaine sans végétation, où seules de petites mares d'eau fumante étaient plantées dans le sol.

– Des sources chaudes ! s'exclama-t-elle avec enthousiasme. C'est exactement ce qu'il nous faut !

– Whoa… mais est-ce qu'on a le droit ?

– Pourquoi on n'aurait pas le droit ? On a besoin de se détendre !

– Oui, mais… et si les garçons nous surprenaient ? Et on n'a pas nos affaires, pas de serviette pour se sécher…

Plouf!

Galata avait déjà plongé après avoir enlevé ses vêtements sans prévenir. Un peu rouge de confusion, Jane se laissa aller et entra à son tour.

L'eau, d'un blanc laiteux, était agréablement chaude, provoquant un frisson sur la peau. La mare était assez profonde pour entrer jusqu'aux épaules et le fond était tapi d'une terre argileuse qui était agréable à la plante des pieds.

– C'est le paradis ! s'écria Galata en s'agitant dans tous les sens. J'y resterais des heures entières !

– Oh, là, là… je ne suis pas tranquille…

Galata s'approcha avec un sourire malsain.

– Qu'est-ce qu'il y a, petite fille ? Tu as peur qu'on te voie toute nue ? Que des monstres viennent te reluquer dans ton bain ?

– Arrête, tu me fais peur !

– Il y a peut-être un serpent dans l'eau, tournant autour de tes petites cuisses et prêt à te serrer de toutes ses forces !

– Nooooooooooon…

Un geyser surgit brutalement à deux mètres d'elles dans un grondement, surprenant Jane qui se mit à hurler de terreur. Galata éclata de rire, satisfaite de sa bêtise.

– Ce n'est pas marrant ! s'indigna Jane. J'ai peur des serpents, moi !

– Il n'y a pas de serpent, voyons ! Je te fais marcher ma pauvre !

Elle continua de rigoler, prise d'un fou rire interminable. Boudeuse, Jane commença à sortir de l'eau lorsqu'elle sentit un souffle chaud dans le dos suivi d'un grognement sourd.

Galata avait cessé de rire. Jane était tétanisée et n'osait plus bouger.

– G… Galata… ?

Pour toute réponse, sa camarade lui tapota frénétiquement la cuisse pour l'inciter à se retourner. Jane risqua un coup d'œil derrière elle.

La créature était monstrueusement laide. On aurait dit un yak d'une taille démesurée, aux poils blancs qui descendaient par terre et une tête pourvue de deux grosses cornes enroulées comme un bigorneau. Un énorme museau rose recouvert d'une bave mousseuse renâclait avec un horrible bruit de succion.

Les cheveux des filles se dressèrent sur la tête lorsqu'un filet de bave écumeuse large comme le bras tomba dans la mare et lorsque la créature y plongea sa truffe, elles s'empressèrent d'en sortir en attrapant leurs vêtements à la va-vite.

Une cavité rocheuse se trouvait un peu plus loin et elles s'y engouffrèrent en toute hâte.

– Quelle horreur ! s'exclama Jane. C'était quoi cette bête immonde ?

– Tu étais déjà sortie, moi j'ai de la bave qui m'a touché le dos… brrrrrrr !

– Bon ben… fini la détente !

– Avec cette course, je suis déjà sèche… on se rhabille et on cherche à manger.

– Hé ! appela Jane en scrutant le fond de la cavité. C'est quoi ce truc ?

Un voyant rouge clignotait dans la pénombre. Galata s'en approcha et tendit la main.

– C'est une balise, dit-elle.

– Oh ! Cool ! Tu en as deux maintenant !

– Non… c'est toi qui l'as vu la première. Elle est à toi…

– J'en ai déjà deux et toi qu'une seule. Garde-la, on trouvera les autres ensembles !

– Mais tu pourrais finir maintenant et sortir enfin de cet enfer !

– On est des *Rangers*, non ? On s'entraide !

Galata était touchée par le geste de sa camarade. Elle l'étreignit, une larme à l'œil.

L'infirmière marchait tranquillement dans le couloir qui menait aux chambres des patients, portant un plateau-repas dans ses mains. Elle l'apportait à cette petite peste malpolie de Karine et allait devoir lui donner son diner. Après l'avoir endormie, elle lui avait passé une camisole de force, car elle s'était débattue dans son sommeil au risque de se blesser dans sa folie.

De tous les patients qu'elle ait pu rencontrer dans sa vie, Karine était la plus terrible. Mais c'était une femme forte qui ne se laissait pas faire, même par une tigresse enragée et ce n'était pas aujourd'hui qu'elle allait abdiquer.

Elle arriva devant la porte de cette petite teigne, prit son trousseau de clés en maintenant le plateau d'une seule main et l'ouvrit. À peine eût-elle posé un pied dans la chambre qu'elle faillit tout renverser : Karine s'était libérée de sa camisole et s'était enfuie par la fenêtre après avoir tordu les barreaux.

– Oh ! Le chameau !

Karine courrait à en perdre haleine dans le hangar des drones après avoir récupéré son équipement de combat. Le risque était grand, mais elle n'allait tout de même pas se battre en tenue de patient.

Elle enfila à la hâte sa tenue, prit ses armes et se dirigea vers un drone. Elle le démarra et souffla :
– À nous deux !

Chapitre 25 :
Investigations

Syreene avait réussi à demander à une autre équipe de venir leur prêter main-forte dans les sous-sols de la ville. Le commandeur était toujours introuvable malgré l'ampleur des recherches.

Des échantillons de la substance étalée sur le sol avaient été prélevés et une étude sur les appareils retrouvés était en cours. Plus l'enquête avançait et plus des questions se soulevaient pour les *Rangers*.

Le capitaine était dans le fond de la pièce, cherchant la moindre sortie ou ouverture. Un agent vint la voir :

– Capitaine, nous avons terminé les recherches. Il n'y a aucune possibilité de sortie à part là où nous sommes entrés. Même dans les couloirs aux alentours, il n'y a aucun autre passage.

– Non, c'est impossible ! répliqua-t-elle. Il y avait des sans-lumières de niveau supérieur quand nous sommes arrivés. Et le commandeur Rayzen n'a pu aller ailleurs. Demandez à Buster et Gilz. Et au *Ranger* Drey qui était avec lui.

– Pourtant nous n'avons rien trouvé… Même nos appareils n'ont rien trouvé… les rayons X non plus.

– Bon sang ! C'est à n'y rien comprendre…

– Rien ne nous permet de savoir si le commandeur Rayzen était bien là ou s'il a été capturé… Tout ce que nous avons, c'est ce liquide étrange et ces machines hors d'usage.

Syreene soupira. Même si elle en parlait au général, les ordres seraient de sceller l'endroit et de rentrer en QG. Elle n'avait pas le tempérament de son supérieur pour tenir tête au général et imposer ses actes.

– Très bien, finit-elle par dire. Envoyez les échantillons au laboratoire et condamnez l'endroit. Faites-moi un rapport détaillé dans les plus brefs délais.

– Bien capitaine !

Syreene regarda en l'air, espérant trouver la moindre faille dans le mur sombre. Il n'y avait absolument rien…

– Pardonne-moi, Rayzen…

Les équipes s'en allèrent et posèrent un scellé sur l'entrée.

Un peu plus tard, le capitaine Sanders se rendit à son bureau, attendant de voir si des nouvelles lui parvenaient. Il n'y avait rien. Seulement des messages de Trekker sur le déroulement du stage des scouts qu'elle n'avait toujours pas lu.

Peu lui importait, elle avait confiance. Ce qui l'inquiétait le plus c'était la disparition de Rayzen. Elle ne savait malheureusement pas quoi faire pour cela. Il n'y avait aucun indice lui permettant de faire des recherches.

Elle avait malgré tout lancé un état d'alerte, espérant que cela puisse aboutir à quelque chose.

Ce n'est qu'après quelques heures qu'un appel lui redonnât espoir. Quelqu'un aurait aperçu un homme correspondant à la description du commandeur errer dans la périphérie de la ville.

Sans perdre un instant, elle prit deux *Rangers* avec elle et se rendit immédiatement sur place. Ils cherchèrent dans toutes les rues du quartier et ils finirent par tomber sur…

– Rayzen ! s'écria Syreene en se précipitant vers lui.

Il était allongé par terre. Apparemment, il s'était traîné sur quelques mètres avant de s'écrouler d'épuisement. Sa respiration était lente et son teint blafard… Syreene reconnut tout de suite les symptômes.

– Qu'on appelle d'urgence les secours du QG ! ordonna-t-elle. Le commandeur est en baisse de lumen !

Elle posa ensuite ses mains et tenta de lui transférer un peu de sa propre lumière pour le maintenir en vie en attendant les secours.

Galata et Jane étaient sorties de la grotte avec toute la prudence nécessaire pour ne pas être suivies par l'affreuse créature qui était venue les interrompre dans leur bain. Celle-ci farfouillait dans les différents bassins à la recherche de la vase contenue dans le fond. Elle avait l'air tout à fait inoffensive, mais les deux jeunes filles ne cherchèrent pas à le savoir.

Ayant chacune deux balises en poche, leur objectif était à portée de main, à condition de pouvoir récupérer ce qui leur manquait. Analyser le radar n'était pas chose facile, car la précision avait une marge d'un rayon de quatre ou cinq mètres. De plus, la zone visible sur l'écran ne représentait qu'une petite partie du lieu d'exercice, bien qu'elle représentât un périmètre assez long à parcourir.

Sans parler de la fatigue et de la faim qui les affaiblissait de minute en minute.

– Il nous faut à manger, décréta Jane en se tenant le ventre.

– Entièrement d'accord, admit Galata. Si seulement on avait été plus prudente sur nos rations…

– Ce n'était pas nourrissant leurs rations ! Et puis, c'était dégueu…

– Il nous faut de l'eau aussi… s'il y a des sources chaudes, il y a peut-être une source d'eau potable dans le coin.

– Mais la question est : que mange-t-on ? Du végétal ou bien… ?

– Hors de question que je tue un animal ! s'exclama Galata avec effarement ! J'en suis incapable, bien que je sois friande d'une bonne viande… grillée à point… dans du jus frémissant… avec des frites… Gaaaaaaah…

– Galy ! Arrête ! J'ai faiiiiiiiiiiiiiim !

– Je veux un resto ! Un méga big tacos triple dose de viande et sauce ! Je veux un plat de sushis avec de la sauce aigre-douce ! Je veux un barbecue ! Je veux… AÏE !

Jane venait de lui mordre le bras.

– Mais tu es folle ?

– Faim… j'ai faim… tu ressembles… à un sushi… appétissant…

– Je ne suis pas un sushi ! Reprends-toi ou… !

Voyant la folie dans le regard de son amie, elle ne put s'empêcher de lui donner une gifle pour lui remettre les idées en place.

Jane ne dit rien, mais elle baissa le regard.

– Ça va mieux ? lui demanda Galata.

– Oui… mais c'est de ta faute ! Tu parles de nourriture alors qu'on n'a pas mangé depuis hier et…

Un bruit de craquement suivi d'un bruissement de feuilles venant de la végétation proche alerta leurs sens. Immédiatement, elles se mirent en position de défense.

Quelque chose approchait dans leur direction. Impossible que ce soit la créature de tout à l'heure, cela semblait bien moins massif. Peut-être encore un jaggopard… non, pas assez discret…

– Qu'est-ce c'est ? marmonna Jane.

– Je ne sais pas…, souffla Galata. Tiens-toi prête…

– Mais je n'ai plus beaucoup de force…

– Moi non plus…

Un jeune garçon émergea subitement de derrière les fourrés.

– Doug ! s'exclamèrent les filles d'une seule voix.

C'était l'un de leurs camarades. Le jeune homme était un peu enrobé, mais très endurant. Il avait ses joues rosies par l'effort et transpirait dans la chaleur humide. Ses cheveux blonds étaient plaqués sur sa tête et il s'appuyait sur une branche qu'il avait trouvé.

– Oh ! Les filles ! Ah que je suis content de vous voir !

– Tu nous as fait peur ! gronda Jane. Mais je suis soulagé que ça ne soit que toi…

– Merci, ça fait plaisir, souffla Doug, déçu.

– Oh, Doug… est-ce que tu as de la nourriture ? supplia Galata. On est affamée…

– Oui, je suis allé à la cueillette hier, j'ai encore des provisions…

– La cueillette ? Mais comment sais-tu si c'est comestible ?

Doug afficha un sourire de fierté. Il s'avança vers les filles et posa son sac avant de l'ouvrir pour en sortir différentes choses.

– J'ai vécu en pleine nature sur Korey toute mon enfance, dit-il en ouvrant un petit paquet fait de feuilles pliées. Mon père possédait une bioserre immense avec la majorité des plantes qui poussent ici. La raison est simple : mon père a participé à la terraformation d'Alkor. Et comme je venais souvent l'aider, j'ai beaucoup appris sur les plantes. Tenez, mangez ça…

Il leur tendit une grappe de petits fruits rouges collés les uns aux autres.

– C'est une chance de t'avoir trouvé ! soupira Galata de soulagement.

Elle goûta un morceau… et fit une horrible grimace.

– C'est acide ! s'exclama-t-elle. C'est immangeable !

– Je sais, mais c'est plein de vitamine et de protéines végétales qui vous aideront à supporter l'effort. Et c'est très nourrissant.

Galata se força à manger, mais l'acidité du fruit lui fit grincer des dents. Jane était dans le même état. Elles finirent de les manger malgré tout tant la faim les tenaillait.

– Je vais vous préparer un petit repas chaud, dit Doug en sortant une sorte de casserole faite en argile.

– Où as-tu dégoté ce truc ? demanda Jane.

– Je l'ai fabriqué… Il y avait de l'argile là où j'ai atterri. Pour moi, la survie importait en premier et comme j'aime cuisiner… J'ai fait trois bols et une cuillère. Et en plus, c'est comme ça que j'ai trouvé ma première balise, elle était enfouie sous la terre.

Galata était impressionnée par son savoir-faire. Elle ne savait pas grand-chose de lui. Pendant les entrainements, il s'était montré bon garçon, réservé, mais serviable, avec une légère maladresse. Il lui arrivait parfois d'être moqué par les autres ou réprimandé par le capitaine Sanders sans pour autant avoir le rôle du cancre.

Après avoir allumé un feu, Doug leur prépara une sorte de soupe au goût légèrement amer. Cependant, les filles se sentirent mieux après avoir mangé.

– Je nous ai fait un mix des meilleures plantes que j'ai pu trouver, expliqua-t-il. Et j'ai même ajouté quelques aromates.

– Ce n'est pas mauvais, dit Jane en reposant son bol. Ça manque de viande, mais…

– J'aurais pu chasser, mais on nous a interdit de toucher à la faune locale. Et question végétation comestible, il y a ce qu'il faut pour survivre.

– À condition de le savoir, soupira Galata. Je n'y connais rien question survie… Mon maître ne m'a jamais rien appris là-dessus…

– Ton maître ? s'interrogea Doug.

– Celui qui m'a appris les arts martiaux. C'est un *Space Ranger* lui aussi. Je ne sais plus quel grade il a, mais c'est quelqu'un d'important… Je crois…

– Ah oui ? Comment il s'appelle ?

– Rayzen.

Doug faillit s'étrangler en avalant sa soupe.

– Tu as dit Rayzen ?

– Oui…

– Le Rayzen ?

– Je crois qu'il n'y en a qu'un…

– Le grand Rayzen ?

– Il n'est pas petit, mais…

– Est-ce que tu te rends compte de QUI il est ?

– Heuuuuuuu…

– C'est le commandeur Rayzen ! Un grand héros de la galaxie ! Un homme qui n'a peur de rien !

– C'est lui qui a tendance à faire peur aux autres…

– Quelle chance tu as ! s'exclama Doug, les yeux pétillants. Tu t'es entrainé avec le grand commandeur Rayzen…

– Si ça peut calmer tes ardeurs, ça n'a pas été une partie de plaisir…

– Tu dois être drôlement forte ! Et tu crois qu'il me donnerait un autographe si je lui demandais ?

– Euh… je ne parierai pas là-dessus, mais si tu veux lui demander ne te gêne pas.

– Mais pourquoi il est si… exceptionnel ? demanda Jane.

– Ne me dites pas que vous ne connaissez pas les hauts faits du commandeur Rayzen ?

– Bah si ! répliquèrent les filles.

– Mais enfin ! C'est lui qui a permis de faire évacuer la planète Terre lorsqu'elle est devenue inhabitable ! Qui a remporté la bataille de Kore-Aven ! Réussis à repousser les sans-lumières sur Golbak ! Et… et plein d'autres !

– Ça ne me dit absolument rien, dit Galata en réfléchissant. Il ne raconte rien sur sa vie…

– Mais c'est dans les livres d'histoire ! On ne vous a pas appris ça à l'école ? Vous êtes d'Energy City pourtant ?

– Oui, mais… on a plutôt étudié les grands faits de l'histoire, pas des personnes en particulier.

– Mais quand même… Le commandeur Rayzen quoi !

Galata était très surprise d'apprendre que son maître était un héros de guerre, étant donné que ce dernier ne disait rien de sa vie. Mais elle ne comprenait pas pourquoi il était comme ça, aussi distant et froid. Il devait avoir vécu un événement traumatisant. Et sa réaction face au monument dédié aux *Space Rangers* morts en faisant leur devoir…

– Combien de balises as-tu trouvées ? demanda Jane après un moment de silence.

– Oh, j'ai trouvé mes trois balises depuis deux jours.

– Hein ? s'étonna Galata. Mais qu'est-ce que tu fiches encore ici ?

– Eh bien… comme je me doutais que certains auraient du mal à survivre, je me suis mis en tête de les aider tout en progressant doucement vers le but final. J'ai croisé Glen, à moitié mort de faim lui aussi. Et aussi Benny, mais lui, il s'en sortait mieux.

Galata eut un sentiment de contentement en sachant que Glen a eu lui aussi des difficultés.

Bien fait pour lui !

– Il me semble avoir vu une balise pas très loin d'ici à l'est. Un kilomètre, pas plus. Et une autre vers le sud.

– Il nous en manque une chacune. Il va falloir nous séparer…

– Plus vite nous aurons nos balises et plus vite nous pourrons terminer le stage, déclara Galata.

– Tu as raison. Il ne nous reste plus beaucoup de temps.

– Mangez le reste de soupe, conseilla Doug. Prenez autant de forces que vous pouvez. Vous devriez rester ici pour dormir.

– Merci en tout cas pour ce repas, remercia Jane. Sans toi, nous serions mortes de faim.

– Pas de quoi, les filles ! Je vais me remettre en route avant que la nuit tombe. J'aimerais atteindre la zone du troisième objectif.

– Soit prudent alors, conseilla Galata. Et bonne chance à toi.

86

– Bon courage à toutes les deux. Je veux vous voir réussir le stage !

– Compte sur nous ! répondit Jane.

Doug réuni ses affaires et reparti d'un bon pas dans la jungle.

– Il est vraiment gentil, souffla Jane lorsqu'il fut éloigné. Je ne le savais pas comme ça...

– Tu as raison. Allez, on devrait dormir maintenant.

Elles s'étendirent dans la petite grotte où elles avaient trouvé la balise. Jane s'endormit rapidement tandis que Galata resta éveillée un moment. Elle profitait de l'instant pour relâcher son esprit. Ses pensées étaient dirigées vers Bergen. Ses sentiments étaient toujours là, même si elle avait pu les maîtriser jusque-là. Son cœur se mit à battre plus fort, elle l'imaginait débarquer au milieu de la nuit, traversant la jungle pour lui porter secours.

Elle se sentit un peu honteuse d'une telle pensée, elle qui n'avait jamais eu besoin de l'aide de qui que ce soit. Et pourtant, elle aurait donné n'importe quoi pour qu'il vienne lui porter secours.

Épuisée, elle finit par s'endormir, le visage de son bien-aimé dans la tête, comme s'il l'observait en secret dans les profondeurs obscures de la jungle.

Chapitre 26 :
L'appel de la jungle

Galata et Jane s'étaient réveillées très tôt. Leur matelas de roche informe ne leur avait apporté aucun confort, leur causant des courbatures dans le dos.

Le soleil n'était pas encore levé, mais les premiers rayons n'allaient pas tarder à apparaitre à l'horizon. Le ciel était entièrement dégagé et encore parsemé de milliers d'étoiles.

Doug leur avait laissé quelques barres de fruits, qu'elles mangèrent seulement par nécessité. La soupe de la veille avait pansé leur faim et leur fatigue musculaire. De nouveau en forme malgré un manque de sommeil, elles se mirent en route chacune de leur côté en quête de leur dernière balise.

Galata avait décidé d'aller chercher la plus éloignée, au sud de leur position. Dès qu'elles auront atteint leur objectif, elles se rejoindraient vers la plaine de geysers pour finir le stage ensemble.

Pendant près d'une demi-heure, Galata suivit une sorte de sentier dans la jungle, facilitant son avancé. Elle n'était plus très loin de la balise lorsque son chemin s'arrêta subitement, laissant place à une mangrove difficile à traverser.

– Je parie qu'elle se trouve en plein milieu des racines…, souffla-t-elle pour elle-même.

Elle prit son courage à deux mains et s'élança au milieu des bras noueux et entrelacés aux pieds des hauts arbres, sautant de racine en racine avec la souplesse d'un chat.

Elle faillit se casser la figure à plusieurs reprises : les racines étaient humides et glissantes et parfois elle se prenait le pied entre deux, faillant se tordre la cheville.

Elle se posa un instant pour regarder son GPS. La balise se trouvait à quelques mètres d'elle sur sa gauche. Encore un effort et elle pourrait sortir de là.

Juste avant de se relever, un craquement se fit entendre dans les branches au-dessus d'elle. Deux oiseaux s'envolèrent en poussant leur cri strident. La jeune fille eut comme un frisson lui donnant la chair de poule.

Elle n'était pas très rassurée. La lumière de l'aube naissante ne traversait aucunement l'épais feuillage, obligeant Galata à se diriger seulement par ses autres sens, ce qui ne l'aidait pas vraiment, malgré les exercices de maître Rayzen en ayant les yeux bandés. Elle reprit sa recherche, voulant quitter cet endroit le plus vite possible.

Comme elle se l'était imaginé, la balise se trouvait coincée dans un creux entre plusieurs branches, mais elle était plus facile d'accès qu'elle ne l'aurait cru. Soulagée, elle la prit dans sa main et la plaça avec les deux autres dans sa poche.

À peine avait-elle repris sa route qu'elle sentit une masse sombre tomber lourdement derrière elle, dans le craquement sinistre des racines qui cédèrent sous le choc.

Un horrible tressaillement parcourut son échine. Elle sut immédiatement que ce qui était tombé derrière elle ne venait pas en ami. Par réflexe, elle sauta en avant dans une pirouette qui lui permit de se retourner pour faire face tout en enclenchant son armure de *Ranger*.

La visière de son casque détecta automatiquement la luminosité ambiante et activa un mode de vision nocturne.

Si j'avais su… Galata, tu n'es qu'une idiote !

La chose qui s'était écrasée était vraisemblablement un être humain et non un animal. Son visage était caché derrière une capuche refermée et il semblait porter un masque.

Galata était prête à parier qu'il s'agissait de la même personne qui la suivait depuis son crash. Mais alors… qu'était-il arrivé à Karine ?

S'il lui a fait du mal…

Elle se concentra, réunissant sa lumière intérieure et la déploya dans tout son corps. L'armure lui facilitait la chose et augmentait son potentiel luminique.

Avec ça, je ne peux pas perdre !

Elle se mit en garde, attendant de voir la réaction de son adversaire. Celui-ci l'observait, immobile, tel un chat sauvage prêt à en découdre avec sa proie.

Tout à coup, il bondit sur elle en donnant un coup de pied latéral. Galata l'évita en sautant en l'air pour atterrir derrière lui. Il était déjà en train d'enchainer une seconde attaque avec son genou qu'elle para de justesse de ses bras. Le coup fut plus violent qu'elle ne l'aurait cru, surtout avec son armure à son plein régime, la faisant reculer de quelques pas.

Karine disait que seuls des Space Rangers *pouvait la battre, donc si ce type est bien celui qu'elle a affronté, il doit être aussi fort qu'un* Ranger. *Mais c'est impossible* !

Le coup qu'elle venait de recevoir lui montrait pourtant bien le contraire. Le combat ne s'annonçait pas facile...

Galata décida d'attaquer en premier cette fois. Elle asséna une série de coups de poings rapides qu'il contra avec la même rapidité. Elle usa ensuite de techniques diverses que son maître lui avait apprises, mais hélas sans succès.

Il anticipe mes mouvements on dirait...

L'inconnu ne dégageait aucun stress ni nervosité. Il était d'un calme absolu, comme si sa confiance en lui était totale. Galata n'aimait pas ça... elle sentait quelque chose de négatif en lui. Malgré la souplesse de ses mouvements, il était brutal et féroce.

Le terrain ne se prêtait guère au combat. Les racines formaient un champ de pièges dangereux pour les pieds et les chevilles. Certaines étaient suffisamment grosses pour soutenir leur poids, mais d'autres se brisaient comme du verre ou glissaient à cause de l'humidité.

L'adversaire enchainait des attaques directes que la jeune fille peinait à contrer efficacement. Elle aurait pu en finir si elle pouvait user son pouvoir luminique, mais étant face à un être humain, elle n'en avait absolument pas le droit. Tout ce qu'elle pouvait faire, c'était de se défendre.

Son armure lui procurait une incroyable protection, ainsi qu'une vitalité hors normes. Et elle en avait bien besoin contre un tel adversaire.

De plus, l'obscurité était encore bien présente. Si Galata voyait clairement grâce à son casque, comment lui pouvait-il la voir ? Son visage était caché par une capuche et il gardait la tête toujours baissée.

Ce n'est quand même pas un sans-lumière ?

– Il n'y a que cet endroit ? demanda Trekker.

– Oui monsieur, répondit le technicien qui l'accompagnait. À part le portail d'entrée, il n'y a que cette bouche d'évacuation servant à renouveler l'eau de la rivière.

– Je vois. Et cette grille… ?

– Parfaitement inviolable, assura le technicien. De l'acier Kirien. Impossible à détruire, même au plus puissant chalumeau de l'univers. Seule la chaleur d'un soleil peut l'entamer.

Trekker examina la cavité dans le mur d'enceinte et la grille faite en épais barreaux. À première vue, rien ne montrait un passage possible pour un être humain. Il regarda l'écoulement de l'eau à travers la grille et décida soudainement d'y plonger.

Éclairé par une boule lumineuse qu'il venait de créer, il fit quelques brasses vers le fond et découvrit ce qu'il redoutait. Le fond sablonneux de la rivière s'était creusé avec les années, laissant un passage suffisamment large pour passer à travers. Trekker passa de l'autre côté et remonta à la surface.

– Mais… ? s'étonna le technicien. Comment avez-vous fait pour… ?

– Le courant a fini par balayer le sable au fond. Je vais mener mon enquête à l'intérieur de l'enceinte, prévenez mon équipe s'il vous plait.

– Bien, monsieur…

Le *Space Ranger* gagna la rive et sortit de l'eau. Par prévention, il avait emporté une tablette où il pouvait voir l'emplacement de toutes les balises disséminées. Il fit un rapide examen et vit que beaucoup étaient déjà proches de la dernière étape. Ceux qui les possédaient ne devaient probablement pas être en grand danger. Il changea la configuration de sa tablette et rechercha la position de chaque stagiaire.

Galata n'est pas loin d'ici… J'ignore si c'est elle qui est visée par ce terroriste, mais il vaut mieux que je commence par elle.

Il rangea sa tablette et enclencha son armure de *Ranger*. Juste après, il reçut un appel de Mélissandra.

– Trekker, j'écoute ?

– Nous avons un nouveau problème ! Karine s'est enfuie de sa chambre et a disparu. Telle que je la connais, elle a dû rejoindre la zone d'exercice pour retrouver celui qui l'a mis K.O.

– Il ne manquait plus que ça…

À l'horizon, le soleil pointa ses premiers rayons. La jungle restait cependant aussi sombre qu'au plus profond de la nuit. Chercher ce terroriste n'allait pas être une partie de plaisir. Trekker s'engouffra sous la canopée et disparut dans une nappe de brume matinale.

Toujours aux prises avec son mystérieux assaillant, Galata espérait avoir du secours, car elle avait de plus en plus de difficultés à se battre. Mais n'ayant aucun moyen de communication, elle ne pouvait pas appeler à l'aide.

Le niveau d'énergie de son armure diminuait et elle sentait que sa lumière baissait.

Si j'enlève mon armure, il va me mettre une sacrée rouste ! Mais je n'ai clairement pas le niveau face à lui, il anticipe tellement mes techniques…

C'est alors que quelque chose frappa son esprit : il connaissait parfaitement l'art martial de maître Rayzen ! C'était la seule explication possible au vu de sa manière de se battre. Et jusqu'à présent, un seul, à sa connaissance, était capable de ça…

Ce n'est pas possible ! se dit-elle. *Mais alors… !*

– Bergen ? Est-ce que c'est toi ?

Ce dernier leva son visage vers elle et enleva sa capuche, montrant son masque de démon, comme lors du tournoi d'arts martiaux du lycée.

Elle n'en croyait pas ses yeux. « Son » Bergen était là, devant elle. Lui seul combattait de cette manière, connaissant ses propres prises et avec cette force…

– Bergen ! Qu'est-ce que tu fais là ?

Il ne répondit pas et attaqua de nouveau. Elle para son coup de pied, déboussolée.

– Mais qu'est-ce qu'il te prend ? Réponds-moi !

Bergen prit une posture qu'elle ne connaissait pas. Un halo ténébreux l'entoura subitement, brouillant l'image sur son casque. L'instant d'après, aveuglée, elle reçut un coup si violent à la tête et au torse qu'elle fut projetée contre un arbre, brisant son écorce. Un clignotement sur sa visière lui indiqua que son niveau d'énergie était au plus bas. Son armure se désactiva alors, laissant sa pauvre propriétaire sans défense.

– Quoi ? Mais… je….

Elle avait pourtant vu qu'elle lui restait assez d'énergie pour la garder en fonction pendant dix minutes, comment l'armure pouvait-elle s'éteindre ? Était-ce le coup qu'elle avait reçu ?

Sa tête lui tournait. Elle restait là, assise entre les deux racines de l'arbre qu'elle avait percuté. Klyne s'approcha d'elle, l'air menaçant. Les ténèbres l'entouraient, on aurait dit un sans-lumière de niveau supérieur. Galata en avait déjà vu dans des livres sur les *Space Rangers*.

Alors que l'angoisse montait jusque dans sa gorge, un cri déchira l'obscurité de l'aurore, comme un feulement de chat enragé. Surpris, Klyne fit un saut périlleux en arrière pour éviter une silhouette qui plongeait sur lui comme un rapace sur sa proie.

Celle-ci l'attaqua comme un fauve. Klyne se défendit, pris au dépourvu. Son assaillant enchainait des attaques avec une vitesse et une force peu commune aux êtres humains. Il s'était déjà battu contre quelqu'un qui avait cette manière sauvage d'attaquer, il y avait à peine quelques jours.

Agacé, il projeta une onde maléfique autour de lui. Son agresseur fit un salto arrière pour l'éviter. Lorsqu'elle se dissipa, toute la zone de sa portée était devenue une terre sèche, sans vie.

Je ne comprends rien, se dit Galata. *Qui est ce mec* ?

Elle se demandait s'il était celui du tournoi, ce garçon aux cheveux noirs et aux yeux gris, ce jeune homme qui avait envahi ses pensées jour et nuit, celui qu'elle avait affronté à la finale... Elle qui pensait qu'il était comme un ange de lumière, voilà qu'elle découvrait qu'il était plus un ange de la mort, un démon.

Son adversaire s'était réfugié dans les branches des arbres et se déplaçait en sautant comme un chat agile, poussant des feulements rauques. Galata ne comprit pas tout de suite pourquoi il criait ainsi en tournant autour de Bergen en hauteur, mais au bout d'un moment, elle remarqua que le son émis se répercutait dans les feuillages, camouflant le bruit de ses déplacements.

Bergen ne put se protéger d'une attaque éclair qui le mit à terre. Galata ne vit pas l'action se dérouler tellement elle fut rapide. Après s'être assuré qu'il était K.O., le mystérieux sauvage s'approcha de Galata qui eut un mouvement de recul.

– Calme-toi, dit alors une voix qu'elle connaissait.

– Karine ? C'est toi ?

– Bien sûr que c'est moi ! Tu t'attendais à qui ?

Galata reconnut les cheveux roses de sa guide lorsqu'un léger rayon de soleil matinal traversa l'épais feuillage.

– Oh ! Je suis si soulagée ! J'avais peur qu'il ne te soit arrivé quelque chose...

– Disons que j'ai dû revenir prendre une revanche sur ce sale type ! Maintenant que c'est fait, on va pouvoir...

– ATTENTION !

Karine reçut un violent coup de pied sur la tête qui la projeta sur le côté. Avant qu'elle ne touche le sol, Bergen lui attrapa la cheville, la fit tournoyer en frappant les arbres et les racines à proximité. Karine cria de douleur sous le regard terrifié de Galata qui se sentait impuissante devant une telle cruauté.

Complètement sonnée, Karine était suspendue par la cheville, tenue par Bergen qui la regardait à travers son masque démoniaque.

– Lâche-la..., osa souffler Galata. Laisse-la...

Il tourna la tête vers elle.

– Je vais m'occuper de toi, ne t'inquiète pas ! lança-t-il d'une voix menaçante.

D'un geste violent, il frappa le sol en se servant de Karine comme d'un bâton. Celle-ci poussa un cri de douleur déchirant. Galata ne put s'empêcher de crier elle aussi.

– Arrête ! Ne fais pas ça… Je t'en prie, Bergen, ne lui fais pas de mal…

Elle essaya de se relever. Une douleur lancinante à son épaule gauche l'en empêcha, ainsi que son genou droit qui était salement ouvert et saignait abondamment.

Klyne balança Karine comme une poupée de chiffon vers elle. La pauvre guerrière ne bougeait plus. Son corps était couvert de multiples contusions et du sang coulait de derrière sa tête.

– Oh non… Karine, je t'en prie, dis-moi quelque chose…

Pas de réaction. Galata s'approcha et se pencha au-dessus d'elle, posant sa main sur sa tête. Ses yeux étaient devenus vides de toute conscience, comme s'ils n'étaient plus animés de la moindre étincelle de vie.

– Pourquoi tu as fait ça ? lui demanda-t-elle en pleurant chaudement. Hein ? Tu peux me dire pourquoi tu as été aussi cruel ?

Klyne commença à s'approcher pour finir son travail, mais eut un mouvement de recul lorsque Galata se mit à luire d'une intense lumière blanche.

– Pourquoi cette violence ? Pourquoi faire du mal ainsi ? Si c'est moi que tu veux, pour je ne sais quelle raison, tu n'as pas à t'en prendre aux autres comme ça.

La lumière émanait d'elle, dégageant une chaleur douce. Elle finit par entourer Karine, l'enveloppant entièrement. Klyne n'arrivait plus à les regarder tellement l'intensité était forte.

– Je… JE NE TE LAISSERAI PAS FAIRE ! hurla Galata.

Il y eut comme une explosion, un souffle chaud qui balaya les débris de végétaux qui jonchaient le sol après le combat. Les branches d'arbres se soulevèrent et les troncs grincèrent sous l'énergie dégagée.

Lorsque le vent passa, Karine était debout, entièrement restaurée et entourée par une aura lumineuse. Galata était à genoux derrière elle, essoufflée, également entourée de ce halo d'un blanc pur.

Karine pointa l'un de ses bâtons de combat vers Klyne et lui adressa cet avertissement :

– Je ne sais pas qui tu es, mais tu es en infraction selon la loi régie dans cette zone ! Tu entraves un exercice établi par la fédération des *Space Rangers*, par définition, je t'ordonne de quitter ces lieux sur le champ !

Klyne n'entendit rien et se remit en position de combat. Mais avant d'avoir pu faire quoi que ce soit, il poussa un cri étranglé, en proie à une vive douleur dans le ventre. Karine venait de lui asséner un coup de poing à la vitesse de la lumière. Klyne ne l'avait même pas vu partir. Il voulut riposter, mais la gardienne d'Alkor l'envoya à terre par un coup de pied derrière la tête.

– Ça, c'est pour le coup de tout à l'heure, lui cracha-t-elle.

Klyne sentait comme un poids sur lui qui l'empêchait de se relever. Pourtant, Karine n'exerçait aucune pression sur lui. Était-ce cette lumière qui s'opposait à son pouvoir obscur ?

Comment peut-elle avoir un pouvoir de lumière alors qu'elle n'est qu'une simple gardienne de zoo ?

pensa-t-il amèrement. *Est-ce que c'est cette sale gamine qui… ?*

Galata était toujours à genoux. Les yeux fermés, mais les dents serrées, elle semblait être dans une sorte de transe.

Non, il se refusait de se laisser battre par deux minettes dont une qui savait à peine se battre. Il laissa sa rage exploser, ce qui lui permit de se relever. Seulement, la lumière émise devenait difficile à supporter pour lui, d'autant plus qu'il ne lui restait plus beaucoup de temps avant que son pouvoir ne se dissipe. Il fallait en finir au plus vite. Il dégagea de l'énergie noire autour de lui, poussant un grondement rauque qui résonna dans toute la forêt. Karine se tint prête.

S'ensuivit alors une rafale de coups démentiels entre les deux combattants, un duel entre l'ombre et la lumière, entre le bien et le mal.

Klyne était dans l'attaque, s'acharnant de toutes ses forces contre Karine, qui se contentait d'esquiver ou de parer avec un calme incroyable. La vitesse des gestes dépassait l'entendement, aucun combattant ordinaire ne pouvait suivre une telle cadence. Le choc des contres se répercutait jusque dans les feuilles qui en frémissaient, faisant tomber des fanes depuis la cime des arbres.

La lumière dégagée par Galata qui enveloppait Karine bloquait le flux de ténèbres de Klyne. La guerrière sentait qu'il faiblissait de plus en plus tandis que l'énergie qu'elle avait en elle ne se dissipait pas.

Lorsque Klyne baissa sa garde, elle saisit l'occasion et lui décrocha un direct d'un de ses bâtons à la mâchoire, puis de l'autre dans le ventre avant de le mettre à terre par un coup de pied latéral. Le flow sombre qui l'entourait se dissipa alors.

Étendu par terre, il cracha un peu de sang, le souffle coupé.

– Tu es en état d'arrestation ! lança Karine en pointant l'un de ses bâtons sur sa tête.

– Ce… ce n'est pas… fini ! cracha-t-il en essayant de se relever.

Karine posa son pied sur son torse pour le remettre à terre. Soudain, la lumière s'éteignit comme elle était venue. Galata se sentit vidée de toute sa force et Karine comprit qu'elle n'avait plus cette force prodigieuse.

Klyne se releva avec brutalité, repoussant la gardienne en arrière.

– Tu es encore debout ? lança-t-elle avec colère.

– Il semblerait que nos pouvoirs mystiques soient entièrement vidés, souffla Klyne avec un air méprisant. Voyons qui de nous deux, avec nos forces de mortels, est le plus fort…

– Ah ? Mais c'est tout vu !

Ils se lancèrent en même temps dans un nouveau combat, d'un tout autre niveau cette fois. Karine reconnut que sans l'intervention miraculeuse de Galata, elle n'aurait pas fait le poids. Ce type n'était pas humain, c'était un monstre et rien de moins.

Elle ressentit l'épuisement de son adversaire à chaque coup qu'elle contrait tandis qu'elle-même était revigorée. Le combat n'était peut-être pas loyal en ce sens, mais il était primordial d'arrêter ce démon. Et dans ce genre de combat, tous les coups étaient permis…

Karine profita d'un battement pour envoyer un direct du genou dans le ventre de son adversaire, lui coupant le souffle. Celui-ci ne se laissa pas abattre et voulut lui redonner son attaque, mais elle fut plus rapide en le frappant derrière la nuque. Ensuite, elle lui attrapa le bras, le passa sur son dos et le renversa en lui faisant taper le sol avec violence.

– Que ça soit clair, mon coco ! Je n'ai pas la manie des *Rangers* d'être clément envers leurs adversaires… alors quand j'ai décidé de faire mal, je le fais !

Et elle se jeta sur lui en lui assénant un coup de coude dans le thorax. Klyne cracha de la salive et du sang, son corps tressaillit et se couvrit de spasme.

– Hum… j'y suis peut-être allée un peu fort…

Alors qu'elle se pencha pour prendre sa tension au niveau du cou, Klyne sortit une lame cachée sous sa tenue et entailla le bras de Karine sur la longueur. Si elle ne l'avait évité, la pointe du couteau aurait perforé son épaule. La douleur lui fit lâcher un cri.

– Si tu as décidé de me faire mal, alors fais-le correctement ! vociféra Klyne.

– Espèce d'ordure ! cracha Karine.

Son sang coulait abondamment de la plaie profonde, elle craignait qu'une artère ne soit touchée… sans une trousse de survie, elle ne voyait pas comment elle allait s'en sortir.

C'est alors qu'un halo lumineux se dirigea vers eux à toute vitesse. Karine ne put voir ce qui se passait, seulement Klyne qui fut désarmé sans que lui-même comprenne comment il fut mis à terre et menotté en seulement quelques secondes. Le halo s'estompa, révélant alors Trekker.

Galata, qui reprenait un peu connaissance, le vit debout entre elle et Bergen, fort et fier dans sa stature, illuminé par sa propre lumière. Elle ne s'était pas imaginée un seul instant combien elle serait contente de le voir lui porter secours.

– Au nom de la loi intergalactique, lança-t-il, je vous arrête pour outrage et agression envers des membres de l'unité des *Space Rangers* et de leurs alliés !

Il remit Klyne debout puis tendit la main vers le bras ensanglanté de Karine. Sa blessure se referma suffisamment pour que l'hémorragie s'arrête.

– Je ne saurais faire plus, lui dit Trekker. Tu iras te faire soigner à l'infirmerie et cette fois, tu y resteras !

– Oui…, se résigna-t-elle. Compris !

Trekker se tourna vers Galata et s'approcha d'elle.

– Est-ce que tu te sens de continuer ? lui demanda-t-il.

Galata se crut dans un rêve. Trekker n'avait plus le visage dur et froid. Son regard était doux et empli de compassion. Un léger sourire aux lèvres, il tendit la main vers la jeune fille qui ne pouvait se détacher de ses yeux.

– Oui…

Il l'aida à se relever et l'attira à lui pour examiner ses plaies. Il arrêta le saignement à son genou et passa sa main lumineuse sur l'épaule de Galata. Une douce chaleur l'envahit et calma la douleur. La jeune fille se sentit rougir de se retrouver si près d'un jeune homme.

– Tu es presque au but de ta mission, lui dit-il. Dépêche-toi de l'atteindre. Nous nous reverrons une fois que vous serez tous arrivés.

– Très bien... je... je me dépêche alors... J'y vais...

Elle s'éloigna sans détourner le regard, jusqu'à ce qu'une racine lui rappelle la dangerosité du terrain. Elle reprit son chemin maladroitement, fatiguée, mais étrangement guillerette.

Chapitre 27 :
Fin de stage

Galata mit plus d'une heure pour rejoindre le point de rendez-vous avec Jane, qui l'attendait déjà. Lorsque cette dernière l'aperçut, elle se précipita vers elle.

– Oh mon Dieu ! s'écria-t-elle. Mais que t'est-il arrivé ?

– Une bien longue histoire…

– Tu t'es battue ? Tu as des bleus sur les bras…

– J'ai été agressée par…

Elle s'interrompit un instant. Elle ne voulait pas dire que c'était Bergen. Elle n'avait pas envie de tout raconter à Jane, non pas qu'elle n'avait pas confiance en elle, mais elle n'en sentait pas la force. Et puis, elle n'était pas tout à fait sûre que ce fût lui. Peut-être ne voulait-elle pas l'admettre elle-même.

– Par quelqu'un venu saboter l'exercice. Je n'en sais pas plus. Karine et Trekker sont intervenus, la situation est réglée...

– C'est de ma faute, je n'aurais pas dû te laisser y aller seule, à deux on aurait été beaucoup plus forte !

– Crois-moi, je ne sais même pas si on aurait pu lui faire quelque chose à deux... enfin bref, il ne nous reste plus qu'à atteindre le centre de la zone et on a terminé.

– Oui, tu as raison, allons-y.

Les filles se mirent en route et gagnèrent enfin le centre de la zone où un grand bâtiment entouré d'une haute clôture grillagée se dressait. Deux gardiens d'Alkor les attendaient à l'entrée. Ils leur firent signe d'approcher et les guidèrent à l'intérieur.

– Vous n'êtes pas encore les dernières, leur dit l'un d'eux. Selon la liste, il reste encore une personne...

– Vraiment ? s'étonna Jane. Tu vois Galy ? On n'est pas si mauvaise que ça !

Galata ria doucement, soulagée d'avoir enfin fini ce cauchemar. De tous les entrainements reçus avec maître Rayzen, aucun d'eux ne l'avait vraiment préparé à ça et elle ne manquerait pas de le lui faire remarquer.

Tous les autres scouts déjà arrivés étaient réunis dans une grande salle, assis dans des fauteuils moelleux devant une table remplie de victuailles en tout genre. Galata et Jane eurent les yeux brillants en voyant ce festin s'offrir devant elles.

– Bienvenue les filles ! les salua Doug en accourant vers elles. Je suis content que vous soyez enfin là ! Je m'inquiétais un peu de ne pas vous voir ici… Tout le personnel semble nerveux, y compris les *Rangers*. Il me semble avoir entendu que quelqu'un avait réussi à s'infiltrer dans la zone d'exercice…

– On sait, répondit Jane. Galata s'est même mesurée à ce type bizarre !

En entendant cela, ils s'approchèrent subitement pour en savoir plus. Galata fut soudainement gênée, n'ayant aucune envie d'en parler. Elle leur raconta brièvement le combat et l'intervention de Karine et de Trekker.

– Avec tous les *Rangers* et les gardiens d'Alkor dans la zone, comment ce type a-t-il pu s'introduire aussi facilement ? se demanda Doug. La sécurité est au maximum ! Et aussi, pourquoi venir troubler un exercice de scout ?

– Est-ce que vous pensez que c'est un sans-lumière de niveau supérieur ? demanda Jekk, un garçon au crâne rasé.

– Je ne pense pas que je serais encore en vie à l'heure qu'il est si c'était ça, déclara Galata.

En fait, elle n'en était pas sûre du tout, vu cette aura maléfique qui s'est dégagée de Bergen… s'il s'agissait bien de lui. La fatigue ne lui donnait pas les idées claires et elle avait besoin de manger. Elle se dirigea vers le buffet, prit une assiette et la remplie de tout ce qu'elle pouvait trouver. Jane fit de même.

– Servez-vous bien, leur dit Doug avec prévenance. Ça sera toujours meilleur que ce que je vous ai donné hier…

– Mais ça nous a été super utile, lui dit Jane. Encore une fois merci beaucoup. Sans toi, on aurait eu du mal à finir.

– Oh ! Mais de rien, ça m'a fait plaisir... Ah ! Ah ! Ah !

Quelques heures après, le dernier scout entra enfin dans la salle. C'était Glen.

Galata fut surprise de le voir arriver en dernier, lui qui était tellement sûr de lui lorsqu'ils s'étaient croisés au tout début. Lorsque ce dernier s'aperçut que tous les autres étaient déjà là, il baissa la tête et s'assit sur un fauteuil.

Elle ne se sentit pas vache et décida de lui faire une assiette qu'elle lui amena. Glen eut un air méfiant.

– Tiens, mange, lui dit-elle.

– Euh... merci...

– L'épreuve a été plus dure qu'on ne le pensait, hein ? Reprenons des forces, on l'a tous mérité, ajouta-t-elle avec un grand sourire.

Glen prit l'assiette et mangea, la tête baissée. La jeune fille vit cependant une larme au coin de ses yeux.

Deux *Rangers* vinrent les voir après un long moment. L'un d'eux prit la parole :

– Eh bien... vous avez tous fini l'exercice avant la fin du temps imparti. Il vous restait encore un jour et quelques heures, mais vous avez plutôt bien assuré. Félicitations à toutes et à tous !

Ils applaudirent, suivis des scouts qui se félicitaient les uns les autres.

– Le *Ranger* Trekker ne sera malheureusement pas là pour la fin de l'exercice, un incident le contraignant à être ailleurs pour le moment. Un individu s'est glissé dans la zone de stage et s'est attaqué à l'une d'entre vous. Heureusement que personne n'a été blessé.

Je n'en dirais pas autant pour Karine, mais bon…

– Ce stage avait pour but de vous apprendre où se trouvent vos limites. C'était une mise en situation à laquelle les *Space Rangers* sont souvent confrontés et parfois bien plus difficiles que ce que vous avez enduré. À ce stade de votre apprentissage, il est encore temps de renoncer et de quitter le cursus…

Tous les jeunes se regardèrent. Alors, ils allaient vivre des missions aussi difficiles ?

Certains réfléchissaient alors sur leur décision à prendre…

– Il est hors de question d'abandonner maintenant ! s'écria alors Galata.

Tout le monde tourna alors la tête vers elle.

– Nous avons fait beaucoup trop d'efforts et avons travaillé trop dur pour que l'on arrête à ce niveau ! Nous avons tous réussi ce stage, cela signifie que nous sommes tous capables d'aller plus loin ! Il ne faut pas sous-estimer nos forces ! Car qu'est-ce qui a fait que nous avons pu réussir cette épreuve ? C'est notre union ! Jane et moi nous nous sommes soutenues autant que nous le pouvions. Grâce à Doug, plusieurs d'entre nous avons pu être rassasiés alors que nous mourrions de faim ! C'est par ce genre de choses que nous réussissons là où d'autres auraient pu échouer ! Et tant que nous agirons ainsi, il nous sera impossible de faillir !

Certains approuvèrent ce qu'elle venait de dire par un hochement de tête. De ce fait, personne ne se désigna pour arrêter.

Après avoir récupéré un plateau-repas, Syreene retourna dans la chambre d'hôpital de Rayzen. Son visage était sombre et ses pensées se mélangeaient dans sa tête depuis la visite du médecin quelques minutes auparavant.

Malgré toute son énergie pour le maintenir en vie en lui transmettant de sa propre lumière, le commandeur était resté dans un état critique, le plongeant dans un coma profond. Il n'en était sorti que depuis une heure. Cette fois, les choses étaient graves. Encore une fois, il en avait trop fait et son corps ne le supportait plus.

Elle poussa la porte et posa le plateau sur la table à roulettes, sans un regard. Elle se dirigea ensuite vers la fenêtre, le regard perdu au loin. Elle avait mille choses à lui dire et pourtant, aucune ne sortait de ses lèvres, la peur d'en parler les lui scellant l'une à l'autre.

– Tu es bien silencieuse, fit remarquer Rayzen d'une voix terriblement lasse.

Syreene soupira d'agacement.

– Est-ce que tu te rends compte de ton état ? lui demanda-t-elle sèchement.

– J'ai entendu le médecin oui. Et alors ?

– Et alors ? Mais bon sang, Rayzen ! Tu étais à deux doigts de la mort ! Tu sais très bien que tu ne dois plus utiliser ton potentiel luminique depuis des années, car cela affecte ton corps depuis ton accident il y a seize ans ! Ancre bien dans ta fichue tête de bois ce que le médecin t'a dit : la prochaine fois pourrait bien être la dernière ! Tu sais ce que ça signifie, non ?

– Oui, je le sais.

– Alors, cesse de te montrer aussi suicidaire ! Pense à ta protégée, pense à Galata ! Pense à moi…

Les larmes lui montèrent d'un coup et coulèrent abondamment sur ses joues.

– Regarde-toi, continua-t-elle. On dirait que tu as pris encore dix ans de plus… Alors que…

Sans finir sa phrase, elle quitta la chambre en sanglot. Rayzen repoussa le plateau-repas et enfonça sa tête dans son oreiller.

– Ce n'est pas comme si on m'avait laissé le choix, marmonna-t-il. Ma mission se finira au prix de ma vie…

Les scouts étaient tous dans le hangar à vaisseau, prêts au départ. Chacun avait reçu leur certificat permanent attestant leur adhésion au sein des *Space Rangers*. En tant que tel, ils seront appelés régulièrement pour des missions simples, parfois routinières, accompagnés d'un *Ranger* qualifié, ainsi qu'aux entrainements le weekend.

Leur sac sur l'épaule, ils commencèrent à embarquer dans la navette de retour lorsqu'un cri retentit dans tout le hangar :

– Attendez ! Stop ! Un instant !

C'était Karine qui accourait à toute jambe. Un bandage entourait son bras là où l'agresseur de Galata l'avait blessé avec sa lame.

– Karine ? s'étonna la jeune fille. Mais… ? Qu'est-ce que tu viens faire là ?

– Je ne pouvais pas te laisser partir sans te dire au revoir, enfin !

– Oh ? C'est très gentil de ta part…

– Mais non, ce n'est rien ! Grâce à toi, je me suis bien amusée, hé hé hé…

Elle trouve amusant de s'être fait envoyer deux fois à l'infirmerie ?

– Oh ! s'exclama Galata. Pendant que j'y suis… il y a quelque chose que je voudrais te demander…

– Oui ?

– Quelle était cette technique que tu as utilisée lors du combat dans la jungle ? Celle où tu étais… bizarre ?

– Oh, ça ? C'est une technique ancestrale que nous seuls, les gardiens d'Alkor, savons utiliser. C'est un état de transe appelé *Berserk* dans un vieux jargon, mais ici, on appelle ça « L'appel de la jungle ».

– C'est une technique vraiment incroyable ! Et surtout redoutable !

– Mais elle ne l'était pas assez contre ce terroriste, je dois t'avouer… il m'a foutue K.O. une fois et si tu n'avais pas été là avec ton truc de lumière, il m'aurait encore rétamé !

– Oh, je vois… il y a tant de choses dans l'univers que j'ignore…

– Tu vas avoir la chance de les découvrir avec le temps, lui dit Karine en posant sa main sur

114

l'épaule. Les *Rangers* voyagent sans arrêt sur toutes les planètes.

– Oui, c'est vrai…

Karine la regarda droit dans les yeux et lui souffla :

– Écoute-moi bien : je vais m'entrainer, plus dur que jamais, pour arriver au niveau d'un *Ranger*, quoi qu'il m'en coûte. Et ensuite, on s'affrontera toutes les deux, qu'est-ce que tu en dis ?

– J'en serai ravie, répondit Galata avec un grand sourire. Je suis désolée, mais je vais devoir monter dans la navette…

– Bien sûr. Je viendrais te voir à Energy City pendant mes prochains congés.

– Pas de problème !

Elles se saluèrent en s'étreignant et Galata monta à bord. Après un dernier signe de la main à travers le hublot où elle vit Karine se faire poursuivre par l'infirmière, la navette prit son élan et décolla, la planète Melchior illuminée par un coucher de soleil. Derrière eux, la jungle, sauvage et sinistre, gardait le souvenir de leur passage.

Plusieurs heures plus tard, Galata était de retour chez elle, épuisée physiquement et le mental embrouillé. Elle était partagée entre l'allégresse d'avoir terminé cette terrible épreuve et d'avoir validé son entrée chez les scouts et ce questionnement que lui imposait ce combat dans la jungle, à savoir s'il s'agissait de Bergen ou d'un sans-lumière… ou les deux… ou autre chose encore…

Durant la bataille, elle avait ressenti cette énergie noire propre aux monstres que les *Rangers* doivent affronter, à un tel point que sa propre lumière fut absorbée en un coup, désactivant son armure. Elle en avait à peine fait mention lorsque, un peu avant le départ, Trekker et Mélissandra l'avaient interrogé sur ce qui s'était passé, mais la réaction du *Ranger* était assez troublante, comme s'il avait redouté de l'apprendre.

Elle avait osé demander si l'identité de l'agresseur avait été découverte, mais comme d'habitude, personne ne lui disait rien en retour, trop insignifiante pour être mise au courant.

Être de retour à Energy City lui fit un bien fou, revoir cette cité qu'elle connaissait si bien, son foyer, ses amis... elle soupira d'aise et se détendit.

Mama était sous le porche de la maison, dans son fauteuil à bascule en train de tricoter. Le jardin sentait bon la terre humide, signe qu'elle avait de nouveau arrosé ses plantes verdoyantes aux fleurs colorées. Qu'il était doux de retrouver son foyer.

– Coucou Mama ! s'écria Galata en secouant la main.

– Oh, Galata ! Enfin de retour ! Tu aurais pu m'appeler pour me dire quand tu rentrerais !

– Mais enfin ! Je t'ai dit que je revenais dans une semaine ! Et ça fait une semaine...

– Et à quelle heure ? Hein ? J'aurais pu venir te chercher si j'avais su l'heure !

– Je sais me débrouiller, ma petite Mama. Je suis une grande fille.

– Rien du tout !

– Moi aussi, je suis heureuse de te revoir ma Mama chérie.

Elle l'embrassa sur la joue, rentra dans la maison et monta dans sa chambre pour poser son sac. Trop épuisée pour redescendre, elle voulut s'étaler sur son lit, mais un étrange étalage posé sur sa couette l'en empêcha. Elle bloqua dessus un moment, tant sa tête avait du mal à trouver ses repères.

D'en bas, Mama entendit un cri affreux. Elle accourra en toute hâte, paniquée d'entendre sa protégée hurler de la sorte.

– Qu'est-ce qui se passe ? s'écria-t-elle. Qu'est-ce que c'est ?

– Mama ! C'est quoi ça sur mon lit ?

– Comment ? Mais enfin, ce sont tes affaires d'école, petite cruche !

– Comment ça, « mes affaires d'école » ?

– Eh bien quoi ? Oui, tes affaires pour la rentrée !

– Mais Mama ! C'est les vacances d'été !

La vieille nourrice soupira.

– Je savais que ces imbécilités chez les *Rangers* allaient te détruire la cervelle... La rentrée des classes c'est APRÈS-DEMAIN !

Galata eut l'impression de recevoir un violent coup sur la tête. Elle se rendit compte qu'effectivement, elle venait de passer les deux mois de vacances. Avec l'entrainement intensif et le stage, elle avait complètement perdu la notion du temps et se retrouvait désormais face à la réalité.

Les vacances touchaient à sa fin. Elle n'avait pu en profiter que l'espace d'un weekend avec ses amis, le reste du temps ayant été consacré avec les autres scouts au quartier général d'Energy City. Et maintenant, elle devait se préparer à entrer en première au lycée et devoir jongler entre les études et ses nouvelles responsabilités en tant que scout.

Remerciements

Encore une fois, je tiens à remercier les mangakas qui ont créé des héros et héroïnes avec de vraies valeurs à transmettre à toutes les générations.

Aux artistes de musique Eurobeat et Hands Up, dont les mélodies si rythmées m'ont toujours accompagné tout au long de l'écriture.

À Sophie, pour sa superbe couverture

À vous tous, chers lecteurs, chères lectrices, de votre soutien et de lire ces écrits.

Et bien sûr, à toi Seigneur, pour ce don merveilleux et intarissable qui m'a amené jusque-là.

Merci du fond du cœur !

Table des matières

Ce livre est pour

Que la lumière céleste brille en toi
et chasse les ténèbres de ce monde.

L'important est de garder la foi !

L. A. TRAUMER

<u>Du même auteur...</u>

Découvrez la saga Space Opera de
L. A. TRAUMER :

GALAXIE 77

Avec le premier tome :
Police Spatiale 1 : Cadets

Soixante-dix ans après que la Septième Colonie a atteint le cœur de la Galaxie 77, un ennemi inconnu s'attaque à ses exploitations minières et ses convois. Devant ces agressions répétées, la colonie se trouve dans l'obligation de revoir sa position sur le pacifisme et de créer une police de l'espace.

À retrouver sur BoD, Fnac, Amazon Cultura et Décitre